U0143478

1 2 3 · · · 9 10 11 · · · · 21 · · · 25 26 2) 28

作家出版社 & 一个人去旅行

开车带狗去云南28天

一个人　一条狗　一辆车

朱燕／图·文

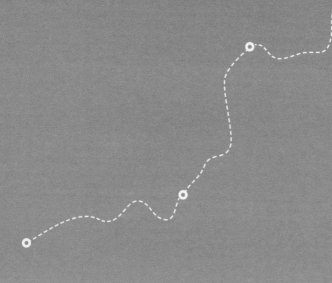

作家出版社

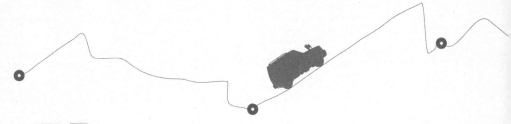

目录
contents

01

02

03

04

05. 出发前，和朱旺在家中自拍。　06.『朱二黑』在高速服务区。　07. 和朱旺在泸沽湖草海前合影。

08. 朱旺三岁时，我给修的毛。　　09. 朱旺在大理古城。

10. 丽江，"艳遇之父"朱旺。　　11. 朱旺在腾冲"热海大滚锅"。

西双版纳【热带雨林国家公园望天树景区】留影2013年04月23日

18

恭喜您成功挑战了【 全长500米，高36米 】的世界第一高树冠空中走廊

19

2013/04/26
07:03:03

19. 最美的风景在路上。

自 序 / 一次旅行

一段人生

那一日，我决定带着朱旺旅行。

我决定离开家开始一次远行。

记得上路的第一天，对路途中所有的未知和不确定，故作坚强以掩盖内心的惶恐，对所有的人保持高度的警惕。不敢随便与人搭讪，走错了路，多走了 200 多公里。

第一晚夜宿高速服务区时，内心是很胆怯的，将车窗用薄膜遮得严严实实的，躲在车里倾听着各种不安的声音……而在归途中，连着两个夜晚大胆地露宿高速服务区……在因车祸堵车等待通行的现场，大方与人交流、介绍自己……

这是怎样的一个心理过程，一次旅行打开了一段人生。从不确定到坚定，从出发到回归，从未知到找回自己。有时候，人生真的是注定，我注定和朱旺有这次旅行。

人生还有一个注定：注定我要收养朱旺，注定它要陪着我度过一段人生。

28 天，带着一条狗，驾着一辆车，一个女人，北京自驾云南，再回到北京。8770 公里。一路上，没有攻略，没有当地的风土人情，没有旅游景点的推介……有的只是一个女人关于天气、关于心情、关于路况、关于车况的絮絮叨叨。在泸沽湖被骗了，在大理遇到疯狂的西班牙舞者，在腾冲浏览和顺古镇，在瑞丽被认为是一个怪女人……

在腾冲，遇到四个搭车相伴旅行的年轻人。他们是那么地热爱生活，毫不顾忌地消费属于他们的青春，毫不犹豫地去追寻他们的梦想。青春是他们的动力，旅行使他们成长。

在大理，遇到的那个西班牙舞者。在街头，他奔放自由的舞姿，他随心所欲的情绪……他为理想活着，为自己活着，为追求活着，为信仰活着……让我明白，跳舞是他的生活，不跳会死！

如果怯于冒险，生命还有什么意义呢？

对于这次旅行，我是幸运的。我幸运有朱旺，幸运有"朱二黑"，幸运遇到那么多善良的人们。让我更坚信了一点：这个世界上，大多数人是善良和热爱生活的。

但又不可否认，这是一次冒险的旅行，这也是一次艰难的旅行。旅途中我克服了许多常人难以想象的困难。这也是一次思索的旅行，让我明白，这么艰难的旅行我都过来了，今后的人生中，还有什么困难是不能克服的呢？

我已经知道自己该怎么做了。

做自己！做自己想做的事，成为自己想成为的那个人！

同时，爱自己。

还有，更多地爱朱旺。啊，多么感激这个小家伙，没有它，不可能那么顺利地完成这次旅行。

一次旅行，就是一段人生。

☼ ⛅ ☂ ☁

一

计划

穷游

在北京的一家出版社做了 14 年的编辑后，突然有种莫名的疲惫和感伤。什么时候可以做我想做的事？

一位朋友说：有了钱你可以决定想做什么或不做什么。

一位比我大好多的朋友，有一天漠然地说："我现在什么都有了，却发现自己老了……"

我有一条香槟色的泰迪熊狗叫朱旺，我有一辆黑色的吉普车叫"朱二黑"。我可能永远都没机会挣很多的钱，但我想做我想做的事，过我想要过的那种生活。

有一种旅行叫穷游。

有一种计划叫行动。

北京自驾云南，带着朱旺。清明节高速免费。

春天正是出游的季节。20天的探亲假，加上清明节假期和编辑工作的不坐班制，2013年的春天，我和朱旺、"朱二黑"有个很冒险的旅行。

这是我们的第一次长途自驾旅行。这是生命中最值得纪念的一次旅行。她开启了我生活的另一种选择。

旅行和写作。

事先制订计划和行程，网络的发达给出行带来了许多的便利。

4月4日是清明节假期，计划这天出发。

购物、买食物、做攻略。临行前，有泸沽湖的网友建议我不要带小狗，说泸沽湖的流浪狗很多，还很凶。临出发前得到这个消息我有些蒙，此行的计划里一直都有朱旺，不可能这个时候不带它。

朱旺是我的狗的大名，小名叫球球。2013年的春天我为它完成了一部长篇小说，叫《温暖》（现更名《朱旺》），在抚养它的过程中，它带给我的温暖远远大于我给它的。

上网查了查，说是2010年泸沽湖一次就捕杀了600多条流浪狗。

心里很慌乱，但还是决定按原计划旅行，暗暗对朱旺、"朱二黑"说，我们三个一起去一起回，不抛弃不放弃。

出发前给「朱二黑」定制的车贴。车上的小说是为朱旺写的，原名《温暖》，现更名《朱旺》。

　　4月3日晚，将带在路上的食物用纸箱分类装好，还有换洗衣服一起装上车。朱旺一直跟着我进进出出，我一再告诉它，我们这次要远行，我们要去云南，我要带它去见识云南的山山水水。我说："你是条很幸福的狗狗噢，要知道不是每条狗狗都有机会去云南的。"

　　不要以为它只是条小狗，不要低估了一条狗的智慧，它有人所察觉不到的敏感和能力。它虽然一声不吭，但从它小心的眼神中可以感觉到它的警惕和不安，它密切地监视着我的一举一动。收养它六年来，除了出差，我们从未分开过。观察和揣测我的行为以判断它的生存状态是它生活中最重要的一件事。我想4月3日这个晚上，朱旺一定没有睡好。这次我的动作太大，它一定想知道这次旅行对它意味着什么，是否会波及它的生存环境和未来。

　　这次北京自驾云南之旅，原计划26天，但最终走了28天，8770公里。4月4日早晨6点50分从家里的地下车库出发，5月1

4月30日，回北京的某高速服务区，朱旺不高兴住车里了，它要住酒店。

日凌晨1点58分和朱旺、"朱二黑"安全抵达地下车库。

旅行线路：北京—泸沽湖—束河古镇—丽江古镇—大理—腾冲—瑞丽—大理—西双版纳—昆明—北京。

共花费：14125.95元（略计）。

其中：汽油4460元，住宿2910元，高速费742元（去程清明节高速免费，回程逢"五一"假期高速免费）。

第 1 天 774 公里

夜宿汝阳服务区

4月4日，阴天。

其实这个晚上，我也没有睡好。闹钟定的是早晨5点半，但5点刚过就不自觉地醒了。洗漱穿衣、清理证件和零钱的时候，朱旺就开始哼哼，它不安，围着我转。我将它背在身后，背着它就会好些。它哼哼唧唧地很影响我的心情。

一个人将最后的物品搬上车后发现已经6点半了，带朱旺在小区里上了厕所，6点50分，我们开车从地下车库出发。

　　朱旺有个习惯，我简单地称它为"坐车恐惧症"。就是在车门关上、车启动的瞬间，它会不安地在车里大喊大叫，我为此打过它、骂过它……但都不管用。最后只能我妥协，逐渐习惯了它的叫声。所以，我和朱旺、"朱二黑"的云南之旅是在朱旺的歌声中启程的……

　　车一开起来，朱旺就不叫了，但一直警惕地看着路上的行人和车辆，然后慢慢坐下来，靠着车门疑惑地看着我。对这趟旅行，我跟它说了好多，但它并不一定全部理解。

　　4月4日是清明假期的第一天，路上行人不多，车也不多。跟着GPS我们往河北方向上京港澳高速，但一拐进向河北方向的高速路车就堵了起来，那种堵的程度不亚于平日里下午两三点钟的北京二环路。

出北京的高速路很堵。
（行车记录仪拍）

车是一步步地挪着，我想什么都得赶早，高速免费这种便宜要捡也得起早，如果我5点出发估计就不会堵在这里了。

进入河北过了杜家坎收费站，刚刚还堵着的各种车辆一下子就各自奔去，不见了。心情立刻爽起来，打开CD，和朱旺听着歌前进。

10点，我们到了此行休息的第一个服务区——徐水服务区。朱旺从昨晚就没有吃东西，我买了一个驴肉火烧。我将火烧里的肉给朱旺，它将头偏向一边，闻都不闻。它没有心思吃东西，它还是不安，不知道我要带它去哪里。

第一次长途自驾，我发现服务区没有像网友说的那样脏乱，有些条件很好，卫生间大、通风、干净，有超市、餐厅、加油站，有的服务区还配有宾馆可以住宿，并且，服务区里都有保安维持秩序。

朱旺很不安，不下车也不吃东西。

下午 4 点多的时候，我们到达了鹤壁服务区。这个服务区大而漂亮，我在这里吃了碗面。5 点多钟离开时，我有些后悔，因为事先曾计划不离开高速，在服务区里过夜，而鹤壁服务区里有宾馆，条件应该还不错。但上路后就没有办法回头了，一边开车一边犹豫，不能太晚住下，要不要下高速？又担心一个女人下了高速找住处太打眼，而万一住处离高速路太远，明早又要找回高速路等等疑虑。就这样，下午 6 点 45 分到达了汝阳服务区。

汝阳服务区也有住宿，但是要到对面的服务区去。我带着朱旺穿过走廊去对面的服务区看了看房间，是那种行军床，四人间，上下铺，一晚 70 元。说是有热水洗澡。和我同时看房间的还有一个男子。他悄悄地说太脏了，他们一行三人打算下高速去找住处，问我要不要一起去？

我谢绝他的好意，决定在车里过一夜。不仅仅是因为脏，而是因为我不想离我的车太远，特别是出远门的第一夜。我观察了下地形，汝阳服务区也不小，有七八辆大车在加水，有五辆小车停在超市和一个餐厅门口。服务区保安告诉我他们是 24 小时工作。一个大车司机过来说，你要是害怕你可以将车停在我们大车里面，这样安全。大车司机虽然衣衫破旧，但从眼神里可以看出他的真诚和善意。不过我还是有些小心眼儿，因为在大车里待着我没有安全感。你想啊，谁会知道七八辆大车里面有辆小车呢？

保安告诉我超市门口有摄像头，并且超市是 24 小时营业。最后，我将车停在了超市门口。后来发现这是个错误，因为总有人从我的车边走过去超市，而一旦有人经过我的车，朱旺一定会哼哼唧唧，甚至会大声地叫唤，根本无法入睡。

休息前，我将车窗全部用薄膜挡着，只露出两边后视镜能看到的地方，一是防止朱旺看见有人靠近车就叫，二是不想外面的人看到里面。

我带朱旺上了厕所，哄着朱旺吃了根火腿肠，晚上 8 点 40 分，锁上车门，我和朱旺在车里睡了。

其实一直无法安睡，总有大车轰隆隆地经过，很响。总有人从车前经过去超市或卫生间。朱旺一会儿哼哼两句，一会儿叫两声。后来，它习惯而惊喜能与我睡得这样近，它有时很开心地将头搁在我的腿上，有时会警觉地站起，好像要表现它作为一条狗的作用，它就像个保安一样支楞着耳朵……

迷迷糊糊、蒙蒙眬眬中我睡着了又醒了……突然滴滴答答什么东西打在车上，我一下子惊醒了。一辆车停在了左手边，隔着窗户看好像是辆 POLO，从车上下来了四个人，两男两女。女的说："别走了，就在这待一夜了，这雨怕是越下越大。"

原来是下雨了。看手机时间，晚上 11 点 50 分。

一个男的说："这怎么睡啊，我们四个人。"

"坐着睡呗。熬熬天就亮了。"

他们坐上车又下来，一直在说，断断续续，我也迷迷糊糊的。偶尔听到一个女的说："冷死了，我的脚冰凉。"

我庆幸自己带了睡袋。我下意识地摸摸朱旺，它睡在旁边的座位上。虽然我知道它有一身毛，但还是把它的小被子拿出来盖在了它的身上……

第 2 天

853 公里

第 2 天 853 公里

GPS 的误导航

　　夜里，雨一直在下，稀稀拉拉的。

　　大车的轰隆声似乎成了耳语，雨滴声也成了睡眠的背景音，开了一天的车，没有什么能阻止疲惫。做了好些奇怪的梦，醒来时却一个也记不起。

　　早晨 5 点多，天还是很黑。朱旺知道我醒了，用头蹭我，用嘴拱我，希望我能摸摸它。但真的冷，小心地从睡袋里伸出一只手，擦擦玻璃上的水珠，旁边的 POLO 车不知什么时候已开走，替代的是一辆白色的越野车。

起了。收起睡袋，穿上羽绒服，带朱旺上了厕所。地是湿的。给朱旺擦干双脚，扔在车上，不准再下车。

去卫生间洗脸、刷牙，顿时人有了精神。

吃了两块蛋糕，喝了一盒牛奶。朱旺仍旧不吃狗粮，它还是很疑惑。

6 点 03 分，加油后开车离开了服务区，开始了新的一天。

天阴阴的，飘着细雨。我几乎是看到服务区就会停车休息 20 分钟左右。

朱旺的眼神一直焦虑不安，不愿意独自待在车里，偶尔上卫生间我会将它锁在车里，它很不情愿地汪汪叫。待我出来时会发现它直直地站在副驾驶上看着我离开的方向。我尽量安慰它，我也得找人说话不是。我边开车边跟它说："再回到家，回到北京，你可以很牛逼地跟小区里的狗狗们炫耀你此行的见识、你吃过的东西、你见到过的美女……那是它们怎么想都想象不出来的……"

打开 CD，听许巍的歌……

中午的时候天逐渐晴了。

进入陕西境内后看到的绿色就多了起来。陕西山多，"朱二黑"开始翻山越岭，中午的时候经过了一大片隧道。从没有自驾穿过隧道。进入前几个不算长的隧道时我还蛮兴奋，摸摸朱旺，兴奋地哼着歌。朱旺看我高兴，它也高兴，舔舔我的手。但经过据说是中国最长的隧道、秦岭终南山隧道时，我很紧张，18.3 公里的隧道，没

这天上午一直在下雨。
（行车记录仪拍）

完没了。渐渐有些烦躁，我盼着隧道早点结束，觉得空气郁闷，呼吸急促，开了点窗，很大噪音，又关上窗。朱旺也从座位上站了起来，两只前爪搭在车门上，偏着脑袋直直地望着前方，神情焦虑。我想可能是我的表情影响了它。我小心地开着车。突然，一股奇臭在车里弥漫，我一愣，有些受惊，大声呵斥着："朱旺，你他妈是不是拉屎了？……早晨让你拉你不拉，昨晚让你吃狗粮你不吃……一会儿看我怎么收拾你！"

朱旺见我生气了，一声不吭地转到后座上。我越想越气，一直骂着朱旺。渐渐地，眼前有了光亮，我们离开了中国最长的隧道。

出了隧道，放松下来，感觉车里的臭气也没了，我有些内疚，朱旺刚才一定是紧张放了个臭屁。我说："朱旺，到前面来吧，我不骂你了，一定是昨晚吃火腿肠不消化放臭屁……对不起了，朱旺，到前面来让我摸摸……"

后来发现，朱旺有些拉肚子，难怪放臭屁。

下午，我迷路了。我迷路并不能全怪 GPS 导航仪，导航仪只是引导的作用，真正开车的人是我，最终还是怪自己太自信。

一路上，负责导航的一个 GPS、一个 iPad 和一个诺基亚手机。我基本上较依赖 iPad 下载的百度地图，我一直用它。但 iPad 并不能语音导航，所以今天开了 GPS。一路上 GPS 不停地说"请沿此路一直往前向左向左向左……"所以我就一直向左，估计 GPS 也曾说过向右，但一个人听着有些麻木了，我到现在都不确定到底是在哪里走错路的，可能是在西安绕城高速公路这段走岔了，于是一路错下去，就到了安康。在一个服务区，一个大车司机告诉我，你绕了一大圈，多走了 200 多公里的路，你再往成都方向走……

知道自己走错了，有些发慌，有些烦，也有些急，马上往成都方向开。朱旺一开车就叫，很生气地打了它两下，推了它一把："就你叫叫叫，走错了吧！"

朱旺哼哼几声，鄙视而委屈地看着我，又放了个臭屁，然后到后座上再也没回到前座。

调整心态调整心态，淡定淡定……不断地提醒自己，错了怎样？出来玩的，到哪里不是玩，开车就是自由，想到哪里到哪里。

换了张 CD，《歌剧魅影》，声音开得大大的。姐走高速听歌剧，够酷吧！

在服务区里，因为我单车单人带着条小狗，还是个女人，常会引起其他人的注意。有人远远看着我，奇怪但不走近。有大方的会上来搭讪两句，看看车贴。有小孩会逗狗。我总是提醒小孩子，朱旺不经逗爱唱歌（叫），会吓着他们。

下午6点19分，沙河服务区。看到有住宿的地方，打算住下来，一打听，180元一晚。服务员态度极不好，交了钱才让看房间，还说就一间房，都住满了……一生气离开服务区下了高速。

发现自己经过头一晚住服务区的经历后胆子增长了许多，心想谁怕谁啊，姐虽然是一个人一条狗一辆车，但姐相信世上还是好人多。

我坚信每个人身上都有善的一面和恶的一面，就看是否激发了它，激发了它的哪一面。

善和恶其实一念之差。

我这么善良的人，我相信碰到的一定是好人。

勉县——如果不是走错了路，我可能这辈子都不会来这个地方。

勉县离高速十多公里。问了几家宾馆酒店，都客满，说是这天正赶上什么庙会。于是来到这家"如家宾馆"，停在这里是因为这家宾馆有个院子能停车，还有保安守着。

抱着朱旺来到前台，首先向服务员示意有一条狗要和我同住宾馆。两女一男服务员倒是挺喜欢朱旺，告诉我就剩一间老板娘预留的豪华套房，288元一晚。

上楼看了看房间，估计是老板娘和朋友打麻将的地方，麻将桌还散发着热气。

住吧，昨晚没睡好，今晚怎么着也要好好睡一觉。

带着狗出行就有这点麻烦。这小狗吧，总怕你把它甩了扔了不要它了，一定要你抱着它，你想拿个行李再抱着它，有几只手啊？

总算在房间里安顿好了，也没心思出门找吃的，省省吧，泡了碗面，吃了火腿肠、苹果、蛋糕。朱旺还是什么都不吃。

洗澡的时候，将双肩包放麻将桌下，跟朱旺说："这里有我所有的证件和钱，这个包很重要，看好了！"

我只是随便说说。洗了澡出来，将朱旺的窝放在床边，然后我上床准备睡了，却发现朱旺没有回它的窝里睡觉。

"朱旺——"我叫了一声。它趴在麻将桌下我的双肩包旁。

一下子好感动。小小的它，八斤的小东西，能保护什么，能保护谁！

"过来，回窝睡觉。朱保安！"我将它从麻将桌下抱出，放进它的窝里，"睡吧，门窗都关严了，没事的。"

但随后，我关灯躺下，又能听到朱旺小小的蹄声在房间里巡视着，在门边窗边闻着，最后它又睡到了麻将桌下。

妈的，真是个保安。

我只好将双肩包拿到了它的窝旁，这样它才回到了它的窝里。

☀ ⛅ ☁ ☁

四

第3天 871公里

自由的向往

　　　　没有什么能阻止我对自由的向往……

　　许巍喊了这么一嗓子后，多少人前仆后继，只为了对自由的向往。

　　工作太累，城市太繁杂，人与人之间太陌生，或许偶尔那一次的冲动，一次对自己的迁就，对自由的向往……而成就了自己一直以来的梦想。

晚上又下了点雨。早晨停了，但天是阴的。

平日里，我常跟人说，如果你真心在爱，一定会有回报。

比如：你真心地爱一个人，她（他）一定能感觉到，她（他）会以她（他）的方式回报你的爱。一切都是有生命的。哪怕你爱一张桌子，每天擦拭它，它也会以干净来回报你。

我爱朱旺，我呵护它，它以它的善良、驯服、忠诚和爱回报我。

我爱"朱二黑"。我不懂车，但每天晚上回家前我一定会左左右右看看它，每天出发前一定会检查车胎，挑出胎缝里的石子儿。或许这些行为对于那些玩车高手来说简直是可笑的，但我在以我的方式爱它。我想它一定会以安全的性能回报我。

在勉县的如家宾馆停车场里，我将两边后视镜的泥点擦拭干净，将每个车胎仔细看看，气很足。停车场的保安说："你放心，我一直在替你看着呢。"

"谢谢您，辛苦您了！"我说。

离开宾馆时，我跟前台服务员告别，他们都很喜欢朱旺，一个女服务员还送我出来。不知道多年后，勉县如家宾馆的服务员是否还记得曾经有个随性的女子带着一条泰迪熊狗入住这里。或许我永远都不会再来这里，但得承认，昨晚睡了个好觉。

有印象昨天下高速时是一条直线就到了如家宾馆，所以，今天，我很容易就找到了高速入口。

吸取昨天的教训，这一天，GPS没有再用。这个GPS是临出发前，一个闺蜜强塞到我手中的，说很好用，而在昨天走错路后我才发现，它的地图版本是 2009 年的。

今天，每到一个需要选择路段的分岔路口，即使已经明确是对的，我也要再三确定一下。这样虽然费点时间，但至少不会走弯路。

选择了一个人上路，就得经历这些。

只是朱旺好烦，车一停下它就叫唤，一开动它也叫唤，我拿它没辙。没人还罢，但问路的时候，听到它的叫声，谁还敢靠前，我说什么对方也听不见。所以，问路的时候，我只有下车。

2013 年 4 月 6 日，一个人一条狗一辆车，朱燕、朱旺、"朱二黑"，北京自驾云南的第三天。高速路六座以下小轿（客）车还是免费。

免费的这三天，无论是进入河北、河南、陕西，高速工作人员都特意开辟一条小车免费绿色通道，方便小车快速通过。但进入四川境内时有些小小的不爽，高速路口里的工作人员看到我的小车来了，竟然将栏杆放下，让我走另外一条大车通行道，而十几条通道只开这一条。

我没有办法，只好跟着十几辆大车后面慢慢地排队入境。但有其他小车司机不干了，找工作人员理论，竟然都不理会，坐在收费亭里装作没听见。

这就是小气。一边执行国家清明节假期高速免费规定，一边心里不情愿。其实这个规定出台，享受的是所有的人民，而不是某一个人。

后来，排队的小轿车越来越多，队伍越来越长，有位小车司机下车将一条通道的栏杆立了起来。这样，所有的小车都从这里通过，工作人员依旧坐在收费亭里不说话，也没有出来阻止。

进入四川境内，气温暖了许多，空气也湿润了，高速两边的植被也越来越丰厚。

早在来云南前，就有车友提醒我注意川牌车。我开始没在意，进入四川后发现四川人开车真是猛，经常贴着你的车插到你前面，有时转向灯也不打，恍惚间一个影子就闪到你眼前，吓得你忙踩刹车。

但到了服务区，下车后，那些刚刚贴着你的车擦肩而过的司机们又温和了许多。问你从哪里来，一个人要注意安全噢，怎么不找个伴一起呢。

进入四川界高速路段。
（行车记录仪拍）

所以，我想，四川人骨子里是友好温和善良的，但踩上油门后，那川辣子的急先锋性情就无法阻挡地爆发出来。

连着两天在高速路上开车，我发现有些小车在经过大车时会闪两下大灯，这是提醒前面的大车司机注意避让。而在城市里，后面的车闪两下大灯，多数是因为前面的车乱超车，或会车不当而引起后面的车不满。

在高速上，长时间开车会引起耳鸣，并且有时候车窗关上了听不到外面的喇叭声，所以我在经过大车时也会闪两下大灯，大车司机立刻会慢下来，避让小车。

另外，我还发现，四川境内的高速路上也不像其他省市会提醒你前方多少公里有服务区，提醒你休息加油。四川境内，有时开了200多公里看不到一个服务区的提示，更别说有服务区了。这时心里会发慌，不仅仅是要加油，也想休息。

下午3点多钟的时候，我开始想晚上住宿的事，想早一点下高速找住处，不能再像头一晚那样临时找。

到栗子坪本想下高速，在出口处咨询工作人员时，告诉我这只是个小村子，一个女人恐不安全，让我去前面的县城。

再上高速，看到离西昌只有100多公里了。出发前曾想过绝不开夜车，但人在路上，有时很多事情是无法预知的。

我决定今晚直接到西昌。

不知什么时候又下起了雨，天慢慢黑了下来。高速上，是没有路灯的。两条车道上，大家稳定而匀速地开车。又发现一个开车技

选择住西昌是对的，酒店不错，188元一晚。

巧。为提醒前面的大车或要超车，把转向灯打开一直闪。如果车在右车道，那么就向右闪，如果你要超车，就向左闪。这真是个好方法。后来发现，几乎所有的小车都在闪着。在这个夜晚，没有路灯的高速路犹如一个舞台，大家齐闪着车灯如伴奏般向前移动。

晚上 8 点 25 分，终于到达西昌，一下高速好多的酒店。找到一个好停车有保安的地方。

188 元一晚，很不错的房间。

感觉住西昌是对的。

☀ ⛅ ☔ ☁

五

第 4 天 256 公里

抵达泸沽湖

之前在网上贴游记时，一直不好意思说，4 月 7 日这天早晨，起床时发现来例假了。犹豫了片刻，还是吃了一颗芬必得。开始担心吃了药后会有瞌睡感，但更担心途中因肚子痛而影响开车。幸好今天的行程不远。

早晨太阳出来了。

今天才算是旅行的真正开始。泸沽湖是旅行的第一站。

一个人一条狗一辆车，北京自驾云南，出门的第四天。

看到太阳，竟然深吐了口气，觉得自己可算要到目的地了。

西昌这家罗马假日酒店真的是不错，服务员都那么热情而富有人性，我背着狗抱着狗在酒店里走来走去，没有人说狗不应该进来或怎样怎样。

我认为并不是这家酒店管理有什么漏洞，而是人的素质，他们没有把狗当异类、当畜生，而是当作我们生命中的一个朋友。

早晨，我将朱旺锁在房间里准备去餐厅吃早餐。但朱旺在房间里哼哼着不干，随后大声叫着。一个路过的服务员说："没关系，你把它带去吃饭吧。"我好感动。这是这次旅行中唯一一家酒店的服务生主动让我带朱旺去餐厅吃饭的。

今天起高速路不再免费。

8点20分，我和朱旺离开酒店上路了。进高速前，看到一家洗车店，想马上到目的地了，"朱二黑"一路风尘很辛苦也该让它漂亮一下，于是我将"朱二黑"开进了洗车场。

洗车时，碰到一位四川女子和她的老公，他们的目的地也是泸沽湖。

今天的高速路段很短，收费五元。接着就是去往泸沽湖的山路，开上山路后我就后悔洗车了。

出发前，从网上就获知西昌至泸沽湖的路很不好走，多处在修路。但我不以为然，我想象不到路能有多烂。开始路还行，但五六公里后，道路崎岖不平，特别是进入山区，上坡下坡，沟深坡陡，弯多路险。作为在城市路面跑惯的人首次进入山区，行驶在山路上的确要慢、看、稳。

去往泸沽湖的山路，开始还行，很快路就不好了。（行车记录仪拍）

一路上很多修路的地段，有的修路地段可以让车过去，有的修路地段车辆必须停下等待。所以一路上，为避让修路停车了三次。第一次停了40多分钟，第二次30多分钟，第三次很幸运，我刚停下就通车了。

第一次停车时是下午1点35分，正好饿了，借着停车大家开始吃东西。发现好多密封食物的袋子都鼓鼓的，难道这里也有高原反应。后来才知道我是在海拔4000多米的凉山上。不禁张大嘴巴，在这么高的海拔上我竟然没什么感觉。

其实最初，这个假期是计划带朱旺开着"朱二黑"去西藏的，但春节前的每年定期体检中，我查出频发性室性早搏，很严重，医生建议做个微创手术，并一再强调不能去海拔高于2000米的地方，所以我临时决定改自驾西藏为云南。但4月7日这天，我翻山越岭，翻过了4000多米的凉山却一点感觉也没有，除了饿。

吃饱喝足了，车还是没让通行，便带着朱旺在附近散步，发现好些人都带着狗出来旅行，有一对夫妻带着一条金毛和一条贵宾。

又碰到洗车时遇见的那对四川夫妇，很是亲热。记得洗车后他们先走的，我也不明白我怎么就在他们前面了。

在到达泸沽湖之前，又经历了十几公里的烂路，颠颠簸簸，走走停停，脸也黑了，鼻子也脏了，气温也高了……下午5点多，我、朱旺、"朱二黑"终于到达泸沽湖门口。"朱二黑"比洗车前还脏。放朱旺下车撒欢休息，我远远地看着泸沽湖的大门，这就到了。四天啊，整整四天，姐从北京带着朱旺将"朱二黑"开来了……

有人告诉我，泸沽湖里没有加油站。于是，进泸沽湖前加满油。

无意中，我占了个便宜。出门前想来想去，还是把编辑证带上了，谁知道会有什么用呢？我从没有用过它，平时连名片都不用。泸沽湖是第一次用，省了70元门票钱。

很快找到了我事先预定的客栈，草海附近。硬件一般，88元一晚，交了两晚的钱。顾不得洗澡，放下行李就开始清理"朱二黑"，在外面跑了四天，车里朱旺跳上蹦下的，不知带入多少泥土。我向店家借了个水盆仔细地清理擦拭消毒车里，打算让"朱二黑"歇两天，泸沽湖就坐船包车玩了。

弄干净"朱二黑"后，带着朱旺先去草海边转转，又碰到了四川夫妇。我们真是有缘，他们住的客栈也在草海附近，大家像熟人一样约着明天早晨8点一起坐船穿越草海去王妃岛。

回客栈里点了餐，一盘西红柿炒鸡蛋和一碗米饭，20元钱。吃饭时，坐在角落里的朱旺，竟然出奇的乖，但是不准任何人靠近我，哪怕是送菜过来的服务员。

蹲在桌角守着我的朱旺，不准任何人靠近我。

第一次吃西红柿炒鸡蛋里面放大葱，但饿了都吃了，还喝了罐自带的啤酒。

晚上借店家的洗衣机洗衣服，在院子里竟然看到了满天的星星，我仰着头像个傻瓜一样看了好久。儿时，曾经在老家，晚上经常在江边躺在草地上看星星。那时的天空也是满天的星星。但日子久远到，成年后的记忆里再也没有过看到满天星的时候。那似乎是场梦，在泸沽湖的第一个夜里。

晚上想上网发条微博，发现网速并未像店家承诺的那样方便快速，一晚上一句话一张照片也没有发出去。

好吧，洗澡睡觉。

20

21

22

23

20. 高速服务区干净、整洁。

21. 第一夜,夜宿汝阳服务区。

22. 服务区已越建越好,还有可以散步的地方。

23. 进入陕西,绿色多了起来。

24

25

26

24. 第一次自驾进隧道，还蛮兴奋。（行车记录仪拍）

25. 准备进入"元墩一号隧道"了。（行车记录仪拍）

26. 陕西境内，高速路上。（行车记录仪拍）

27. 西昌酒店大堂，出发前。

28. 进泸沽湖的山路一开始还好。（行车记录仪拍）

29. 很快路不好了，好多路段在修路。（行车记录仪拍）

30. 前方修路，很多车堵在路上。

31. 从北京出发，开了整整
四天后，终于到达泸沽
湖门口了。

32. 泸沽湖草海一。

33. 泸沽湖草海二。

32

33

34. 泸沽湖草海三。

35. 泸沽湖草海四。

36. 此次旅行第一站泸沽湖。
    到后第一件事就是抱着朱
    旺在草海前合影，有些疲
    意哈。

37. 草海码头朱旺留影，朱旺
    对湖水和草海很感兴趣。

38. 草海边有许多客栈。

○ · · · · · · · · · · · · · · · · · 39. 草海。

39

六

第 5 天

不退房的客栈

有时想，如果杨二车娜姆当年没有出版那本《走出女儿国》，那么现在会有多少人翻山越岭，不辞劳苦，带着梦一般的思绪赶到这里。

泸沽湖古称"海子"，为川滇两省的界湖，纳西族摩梭语"泸"为山沟，"沽"为里，意即山沟里的湖。

2013年4月8日，一个人一条狗一辆车，北京自驾云南的第五天。

走婚桥前开心跑过的朱旺。

吃过早餐就带着朱旺去了码头，等到 8 点 30 分，那对四川夫妻也没来。码头上人不多，船家说至少有两个人才开船。

我又在码头等了一会儿，就决定先去附近的走婚桥玩，改天再坐船去王妃岛。

前面一对母女边走边争执，知道她们在争执是因为这两个人就住在我隔壁的房间。泸沽湖的客栈基本上都是木制的，不隔音。昨晚我就听到她俩在为一些家事争执，现在又在争执。母女俩准备和别人一起包车环湖游玩。母亲很谨慎，研究半天同行的人，结果司机一烦就开车走了。再找人包车，车没了，人也没有了。女儿怪母亲碍事，母亲说女儿不懂事，于是俩人将过去好多不愉快的事翻出来说。

我想她们如果这样旅行下去，是不可能开心的。

出门在外，相互体谅，多替对方考虑是相处之道，哪怕是母女。

出门第五天了，我第一次主动找人说话。

"你们是湖北人吧？"我听见她们说的是武汉话。

"是啊。"这位母亲说。

"我也是。我是武汉人。"我说。

"我们也是……"

因为是老乡，我们一下子亲热起来。

"你们真好，母女俩一起出来玩。"我想宽慰她们，"我求我妈妈，我妈妈都不会出来。"我对女儿说的同时也对这位母亲说："您真幸福，有个这么好的女儿。"

"是啊，是啊……"做母亲的一下子舒展开了心扉，"我刚退休，我女儿怕我在家寂寞，请我出来玩……"

……

"噢，你开车来的，你一个人？"聊了一会儿后，这位母亲知道我是一个人开车来到泸沽湖。她没有明说，但言语之外我能感觉到，她在想是否一起坐我的车环岛。

我不是小气的人，我有一条能叫得把你烦得想踢死它的小狗。这位母亲近60岁的人，我想她不可能忍受的。

"我这条狗有个坏毛病，车启动和停车的时候它会狂叫……"果然，我刚一说完这句话，这位母亲立刻失去了她的亲切说："我怕狗的。"然后母女俩就走了。

人与人之间的关系究竟是拿什么去衡量的呢？

一个自私的人会让她的自私无形中展现在她生活的方方面面。

泸沽湖的早晨很美，我带着朱旺慢慢地逛，今天是真想让"朱二黑"休息一天。

一个男士，摄影爱好者，他把朱旺拍了个够后问我："你是一个人吗？"

我说是。

男士说："我也是一个人，我都玩了五天了，边走边拍。你从哪里来？怎么带条狗，飞机让带吗？"

"飞机让带，办好各种手续就行。"我说，"但我是开车来的。"

这位男士很热情，他立刻帮我计划游玩路线。他说到处都是客栈，现在不是旺季，根本不怕找不到客栈，你又开车，干吗停留在一家客栈，玩到哪里住到哪里嘛。

我觉得他说得有道理，我和朱旺逛了近一个小时，很累。朱旺毕竟是条小型狗，它也累。现在不到 11 点，我决定回客栈退房。但没想到店家听说我要退房后竟然急了，很不高兴地说："订了两个晚上，就是两个晚上，你看 QQ 留言。"

我说："没有道理，任何客栈酒店哪怕订了十个晚上，没有住，12 点前都能退房的。"

"不行，我们不退的。"店家一下子不耐烦了，"我很忙，没时间跟你说了。"店家说着关上房门，不理我了。

其实我住哪里都行，但店家的态度让人无法接受，我不想同他争执，但还是想和他说说道理。我敲开店家的门，（几乎是我在哄着他）我说："小刘师傅，你先不要急。我浪费你几分钟时间。"

他站在门口不动，不出也不进，面无表情。

"我是住客，你是客栈管理者，我多住一晚无所谓，我不过是这里的一个过客。"我说，"但你不同，你要经营这里。怎么经营？

泸沽湖的客栈基本都是木制的，不隔音。

不是说客人找你说话时，你说你很忙没时间搭理。你的工作就是处理和住客之间的事情，对吧？"

店家从门口走了出来，算是给我点面子。

"多大的事？88元钱，看你急的，不就是不退房钱吗？如此沉不住气。"我说。

"哪里哪里。"店家有些不好意思了。

"你多大？"我问他。

他让我猜。

"27岁。"我说。

他一愣："你猜得真准。"

我笑了："因为只有你这个年龄才会有你这样的态度。"

这算是4月8日这天，在泸沽湖发生的很不愉快的一个小插曲。

我依旧住在这里，但决定开着"朱二黑"带着朱旺边走边玩。

女神湾是我认为很漂亮而值得去的一个景点，很美很静，可以静静地坐着听风声，看水里的草，等待落日。

去女神湾的路上有一个下坡的路基坏了，有个近30厘米高的坎几乎垂直下去连着一个陡坡，我的车开到跟前才发现这个坎，已无法躲避。我很紧张，硬着头皮开下去了。将车停在一家餐厅门口后，我回头看着山坡上那个高高的、坏了的路基，想：一会儿怎么上去呢？

意外地在女神湾碰到那对四川夫妻，女的很抱歉地说昨天夜里她不舒服，估计是高原反应，上午她去医院输液了。她给我看手背上的针孔，我没有提早晨在码头等他们的事，我让她保重身体。

逛完女神湾给"朱二黑"挂上了四驱，看着山坡上那个垂直的近30厘米高的坎，我心里没底，但壮着胆子也必须上。小心地爬上陡坡，轻踩油门，过那个坎时，车抖了一下，我没有停车，也没犹豫地踩油门上去了。阿弥陀佛。

经过泸沽湖镇，一个叫"格萨古村落"的村庄吸引住了我。我将车刚停下，门口就有村民热情地招呼我："进去看看，随便看。"

村民很朴实，真的是那种很纯朴的友好。

进了村庄，有间树上搭的房子很有意思，我远远地拍照。有狗"汪汪"地叫着，朱旺吓得就让我抱。

"没事的，狗都拴着呢！"一个男子的声音传来。接着就看到一个村民在屋子里冲我招手，"你想看树上的屋子可以进来看，没关系的。"

"真的吗？可以带狗上去看吗？"我问。

"可以，你慢慢地，别摔着了。"村民说。

我抱着朱旺小心地上台阶走到树屋前，树上的屋子很漂亮，很干净。村民说可以住的，80元一晚。

从树屋上下来时，我有些累了，进村民家本是歇歇，结果碰到一行四个川籍游客正在找人一起包船逛草海去王妃岛。他们邀请我一起。

我说我带着狗。

其中一名女士托起怀里的一条小博美说："我也带着狗，它是条残疾狗。我们从四川开车过来的。"

事情就是这么凑巧，早晨我想坐船去王妃岛没去成，而在下午近4点的时候，竟然和这四个川籍游客及一名导游一起坐船去了王妃岛。

王妃岛，很静的一座小岛，必须有船才能到这里。下午湖上风大，通常不载客来这里。但因为我们人多，船家还是载了我们。

去的时候，风的确很大，吹得小船左摇右晃的，我很担心，朱旺却开心而新鲜，在我怀里拱来拱去。

整个王妃岛就我们六个游人。朱旺撒欢地跑。我问导游，朱旺会是上王妃岛的第一条泰迪熊狗吗？导游说肯定是。我得意地笑了。我常这么自恋，总是想把朱旺摆在第一的位置。

那条残疾的小博美跟着朱旺跑了一会儿，因跑不快，它的主人就抱着它。它的主人告诉我小博美今年四岁，是条流浪狗，她收养它两年了。

小博美的主人看过我的车贴后问我："你是作家？出来体验生活的？"

"哪里是什么作家，写着玩儿，混口饭吃。"我说。

她笑了："你很谦虚。"

我摇头。

开车回客栈的路上，我想：有什么值得骄傲的呢？一个人，从南到北，既没有事业也没有家。一个人旅行，还带着一条叫得让人讨厌的狗。

晚上，在客栈旁边找了一家餐厅，青椒肉丝 35 元一份，清炒牛肝菌 45 元一份。我和女老板商量，我说我一个人可不可以每样炒半份。女老板说你一个人我都不想做，你还要半份？

我说："那怎么办呢？我真是饿了，一个人在外面吃饭也不方便。但一个人也要吃饭不是？可能你从我这里挣不了多少钱，但做顿饭给我吃，我会很感激的……"

女老板看了我半天，说："真没这么卖过。不过，你都这么说了，今天卖你了。但青椒肉丝半份 20 元，清炒牛肝菌半份 25 元。"

我说行。

那顿晚饭花了 47 元。朱旺美美地吃了好些肉丝。

第 6 天

被骗 2000 元钱

　　早晨往车里搬行李，朱旺哼哼唧唧地叫得我好烦。我双肩上背着包，左右手提着包，它还让我抱，生怕我把它扔在了这个陌生的地方。我一再地安慰它："我们今天去云南那边的泸沽湖，这两天玩的是四川这边的泸沽湖……"

　　朱旺肯定不明白我的意思，它一直哼到开车。

　　我们先去洛洼。

　　因时间太早，洛洼的人不多，所以，我放开朱旺随它跑着，一个 20 多岁的女孩上来找我搭讪。她先夸朱旺漂亮，然后问我车贴上的小说……聊了一会儿后，女孩才说明来意。她说她是川大的学生，独自一人搭车来泸沽湖，现在想搭我的车去丽江。

我有些犹豫，一、我有一条好叫的狗。二、我今天不去丽江。三、我从没想过要搭人。

这时，远处有人叫女孩。女孩答应着。

"你们一起的吗？"我问。

"同学。"女孩说。

"你不是一个人来的吗？"

"在这里碰到了几个同学。"

"那为什么不和同学一起走呢？"我问。

"嗯……"女孩犹豫着，说，"其实我明天去丽江也行，能搭你的车吗？"

搭个人去丽江原本无所谓，只是朱旺太闹，旁人受不了还会影响我开车。女孩说她不怕狗，但我还是很抱歉地拒绝了她。我很佩服她的胆子，先不讨论她的身份是否真实，但我是一个人，我需要绝对的安全。

游玩泸沽湖最好是早晨。顺着环湖路往尼赛的方向是最美的，美得让你总想停下来仔细看看，感叹一下，拍拍照片……哪怕一小片景色都不想错过。

在洛洼，一个卖摩梭纪念品的妇人看见我抱着条狗从车上下来，给朱旺拍照。她很感慨地说你的狗狗真幸福，坐车出来旅游。

我抚摸着朱旺的头："你幸福吗？大家都觉得你很幸福。你开

这位卖纪念品的妇人夸朱旺是条幸福的狗狗。

心吗？"

朱旺看看我，摆摆头琢磨我话的意思。它的样子真可爱，它不叫的时候真的是很讨人喜欢。

"或者你自己并不觉得幸福，只是在外人眼里觉得你应该幸福。是不是，朱旺？"

朱旺依旧摆动着它的小脑袋。我爱死它了。

环湖路上，似乎没有违章一说，经常看见游客将车停在路边拍照。我也停下，凡是有好景的地方，我都停下车来拍照，放开朱旺一起欣赏沿湖的景色。在一个景区，我刚停下车拍了几张照片，因没有放朱旺下车，它就在车里大喊大叫。一对骑车环湖的青年男女说："快让你的狗别叫了，有条大狗从湖边冲上来了……哇，是两条。"那对青年男女说完就骑车走了。

我忙收起相机上车，刚坐定就看到一条大狼狗和一条中型狗，从楼梯下冲了上来。没看到狗它们很是奇怪，左右嗅着寻找着。

我将车窗关严，从后视镜里可以看到那两条狗围着我的车转了一圈又一圈。朱旺看到我紧张的表情也不叫了。我按着喇叭，等那两条狗离我的车子远点的时候，打着车子开了起来。车速不快，但那两条狗似乎嗅到了气味在车后又追又叫的，有好一会儿，才不追了。

"看看，这就是你叫的结果，要是放你下去，你不被咬才怪。"我边开车边摸摸朱旺的小脑袋，它像听明白似的，张着嘴看着我。朱旺的毛发长了。

来到小洛水，停车去找厕所。我把朱旺锁在车上，背上双肩包，边问哪里有厕所，边打听尼赛有多远。我今晚订的客栈就在尼赛。

一个50多岁的男子，不知道他什么时候站在了我的身后，我感觉包动了一下，立刻回头，看到他紧贴着我站着，我下意识地退了两步。

"你去哪里？"男子又贴近我。

"尼赛。"我说。

"还有好远好远的，我可以送你过去。"男子说。

他的表情很奇怪，眼里散发着莫名的光芒。

我没有说话，继续往前打听。男子看了看我，也走了。

打听后知道尼赛不远了，我想还是去客栈上厕所吧。刚走回到车边，就看到一个年轻人往湖边倒水，我便问："师傅，哪里能上厕所？"

年轻人很友好，他笑着说："去我家吧，对面就是。"

街对面是一家客栈，我走进去，厕所很小，很简陋，我正犹豫是否进去时，一个男子的声音说："上厕所啊？一次一元钱。"

真是巧，又是刚才那位 50 多岁的男子，一脸邪恶。我相信哪里都有垃圾，哪里都有好人。我决定不上厕所了。

刚出客栈就碰到了那个年轻人，"找到了吗？"他笑着问。

"谢谢您。"我说着上了车。

中午过后太阳高挂头顶，人晒得晕晕的，风景也远不如早晨的美。

我订的客栈紧挨湖边，很大很干净，比第一家好多了。客栈里养了两条流浪狗和一条古牧，它们都很友善。朱旺开始还紧张地叫着，后来也和它们亲热地打着招呼。客栈由几个很不错的年轻人在打理，好多像我一样的房客和他们一起上网、聊天、吸烟……大家商量着哪里好玩，下一站去哪里。我喜欢这样的氛围，这才是客栈。

其实中午这么热，真应该好好地睡一觉，这样我就可以避开被骗的那 2000 元钱了。

一开始我也是打算在客栈里睡一觉的，因为就剩下一个里格没去了。并且，这天是来例假的第三天，虽然肚子不痛了，但人还是很疲惫。本来是决定离开泸沽湖前再去里格的，因为它在去丽江的途中。但我这闲不住的急脾气啊，吃完午饭后，我想还是去逛逛里

这个景点处，我被骗了 2000 元。沿途架子上挂着人们许的愿和祝福。

格吧，反正开车也不远。

事情就发生在去里格的路上。

地点是从尼赛到里格途中的一个景点，叫什么名字似乎没有标识。我看到好多车停下，我也停下了。当时是中午 1 点左右，人有些累了，也热得发晕。

人一发晕就容易办傻事。

和朱旺沿着景点的楼梯走下去，沿途架子上挂着人们许的愿和祝福，这些东西好多城市的景区里都有，觉得没什么意思，又和朱旺走了上来。天气很热，坐在路边和朱旺喝水休息。一个男子像看神经病一样地看着我。

"你一个人从北京开过来的？"他不解地问。

我点头。

"还带着条狗？"男子又问。

我又点头。

男子的眼神更是奇怪了，看我就像看个怪物。他看我不够，还跟一旁的几个同行旅游者说："耶，你们看，这个女人，一个人从北京开到这里，带着条狗……有病吧……"

于是所有人的眼光都像看怪物一样看着我，我就想离开了。

这时候，一个声音，熟悉的乡音，在跟人讨价还价："五元钱，五元钱，五元钱怎样？我们四个人每个人都买一点。"

我顺着乡音看过去，四个男子，操着武汉口音，在和一个卖中药的男子讨价还价。

我便走过去问："这是什么？"

男子说："玛卡。"

"玛卡是什么？"我问。

后来，我想，我当时真是晕了，我在旅游区连纪念品买得都少，当时怎么会买中药呢？

"玛卡对女同志有美容和帮助睡眠的作用。"武汉男子说。

"你是武汉人？"我问。

"是的。"

"我也是。"我一下子亲切起来，"这药是真的吗？"

"绝对是真的，我是学中医的，武汉协和医院的。"武汉男子说。

我当时就想了，武汉中医推荐了，也不贵，帮助睡眠的，五元一斤，买两斤回家也没什么嘛。

于是我就拿袋子装，我打算装两斤。中间有印象武汉男子还劝我说："你买这么多干什么？"

我还说："多买点，送人。"

装了一袋，这时武汉男子又说，磨成粉药效好。武汉男子问卖药的："你能帮着磨成粉吗？"

卖药的说行。

于是卖药的将我和武汉男子让进右手边的一间小黑屋里。

当时真是没提高警惕，一、他操着武汉口音。二、想不过五元一斤嘛。但当磨成粉后卖药男子说五元一克时，我立刻有种被骗的感觉。我说我不要了，我以为五元一斤呢。武汉男子说，中药都是按克卖的。

我又说，那我能不要这么多吗？武汉男子说都磨成粉了。有印象这些话都是武汉男子说的。他比卖药的还迫不及待。

我说我没带那么多现金。武汉男子问卖药男子你们这里能刷卡吗，卖药男子说行。于是称重，武汉男子一行四人 1000 克，5000 元。我的 400 克，收 2000 元。

看到电子秤上显示的金额我笑了，我对武汉男子说："如果不是因为你说的是武汉话，我真怀疑你是托儿。"我又对卖药男子说，"我今天是遇到打劫的了吗？"

武汉男子和卖药男子都没接我的话，我想还是算了，一个女人何苦与他们五个大男人争执。

晚上我回到客栈，上网查到"玛卡"其实最重要的药用是壮阳后，我乐了，我买玛卡干什么呢？

我跟朱旺说，舍财免灾吧。希望接下来的一切顺利。

后来我和朱旺开车去了里格，也可能是买了 2000 元中药的缘

○ 小而乱的里格，路边的车随便停着。

故，也可能是天热，我和朱旺在里格只待了十几分钟就离开了。真心没意思，就像某个小县城的步行街或夜市，但里面却穿行着各种车辆。相比之下，我还是喜欢尼赛，它有着泸沽湖的美和静。

4月9日这天，我永远记住了"玛卡"。

第　　　　天

267 公里

八

第 7 天 267 公里

寂静的束河古镇

夜里竟然失眠了，因想着那被骗的 2000 元中药钱。一、心疼。二、也埋怨自己头脑发晕竟然犯如此弱智的错误。

在北京，我是普普通通的打工一族，挣的是辛苦的工资，平日里也是很节俭的。但钱已经被骗了，后面还有很长的路要走。

昨夜里，和朋友通话，也没敢提这被骗的 2000 元钱。一、提了他一定会担心我的安全问题。二、不想将负能量传给他人。出门在外，我需要鼓励和支持，而朋友也需要从我这里得到好的和快乐的消息，那么从朋友那里再传递回来的一定是正能量了。

防人之心不可无，但也不能因此而不相信人，大多数人还是好的，人心最终还是善的。

2013年4月10日，一个人一条狗一辆车，北京自驾云南的第七天。

朱旺通过这几天的旅行，大概已经知道我们是出来玩的了，它见识了山和水，现在也知道乖乖地等着我清理行李，直到开始清理它的被子饭盆时，它才会激动地哼哼。

围着"朱二黑"前前后后地检查，也看不出什么来，最终也只是挑出轮胎里的石子。

出发的时候，朱旺依旧汪汪大叫。通常车开起来后，朱旺会安静下来，趴在椅子上睡觉或扶着车门看风景。但今天，开车后，它一直在哼哼，很不舒服的样子。我摸着它瘦削的身子，知道这些天运动量大，它累了，吃得也少。我想，朱旺是不是想家了？我不断地抚摸着它的头和背，希望它不哼哼了，但它还是哼哼。我又想，朱旺会不会并不想旅行，它想待在家里。我们都以为带它出来旅行它会觉得幸福，其实或许它从不这样以为。想到这里，我心里突然酸酸的。

早晨，泸沽湖的景色很美，我却惦记着朱旺，好心疼它，它是陪着我出门，或许它并不想出门。

车开得很慢，慢慢地离开了泸沽湖。我并不留恋这里。这里很美，人也纯朴，但我一点也不留恋这里。我只是想朱旺不再哼哼了，我想它会不会不舒服，昨晚吃了火腿肠、牛肉干、鱿鱼丝、西红柿……我想会不会肚子痛所以它才哼哼。我抚摸着它："叫你吃了肉后无论如何吃点狗粮，你不听，看看，肚子痛了吧。"

车到洛洼的时候，远处的湖水很漂亮，我看到有停车的地方，便停下车，让朱旺活动一下。朱旺下了车，立刻高兴地到处乱跑，此刻它的表情更像是喜欢此次旅行一样。朱旺拉了便便后，再上车就不哼哼了。原来是这样，我放心了。

今天的计划是从泸沽湖到束河古镇。

我从 4 月 5 日在西安绕城高速走错路后就再也没有用 GPS 了，一直较依赖百度地图和诺基亚导航地图。百度地图因为是离线的，需要事先将每个路段名称抄在练习本上，但开车时并不能看它，只能偶尔在关键路段停下车来研究。而诺基亚导航地图经常搜索不到信号，我只能打开它，搜索到信号后，以它为参考，所以此次云南整个自驾过程中，百度地图是我最重要的导航地图。

泸沽湖去往丽江的路上，路标并不十分清晰，很多地方得自己猜。我怕走错路，只要是岔路口，我都会停下来找人确认了才开车，要知道一错下去就不是几公里的路程，而是五六十公里的路程。

记得 4 月 7 日从西昌开往泸沽湖的路上，我被烂路折腾得头昏脑涨。去往丽江前，我咨询了几个开车经过的人，也说泸沽湖至丽江的路不好走，所以 4 月 10 日这天，我有足够的心理准备。

依旧是盘山公路，上坡下坡，我开得不快，车也不多，山路弯道多，有些是很大的弯道。在有些弯道上，我看到有安放凸面镜。这个镜子很管用，远远地我就可以看到对面弯道是否有车来，大车还是小车。但我有印象西昌通往泸沽湖的路上，很多那种 180 度的大弯道，却没有安放凸面镜。所以，我想建议宁蒗县交通管理者能重视一下，因为安放了凸面镜对驾驶车辆者通过弯道是有很大帮助的。

出了泸沽湖天就阴了下来，一路上估计又翻过了海拔几千公尺的高山，因为耳鸣得厉害。路况倒一直不错，只是快到丽江时有四五公里的路很颠簸。但比起西昌至泸沽湖的路段简直是一马平川了。

临到丽江时，下起了小雨。这是条新修的路，很多路口没有路标，这对于从外地开车来丽江的我是没有办法识别的，我只能下车问路人。

到了丽江就好多了，有明确的路标指向束河古镇。

事先预订好的那家客栈并不难找，很快找到了。

这里介绍一下，此次北京自驾云南，预订客栈或酒店我都会事先打电话咨询三件事：一、有无停车的地方；二、能否上网；三、我有条八斤多重的泰迪熊狗能否一起住下。我的要求是，车安全、狗安全、我安全。

本来是想住在束河古镇里，但电话咨询时被几家客栈告之束河古镇里不准停车，车都停在束河古镇外的停车场里，所以我就没有订束河古镇里的客栈。其实到了这里才知道，停车场是免费的，而且就在束河古镇外，走几分钟就到了。另外，古镇里有些地方车也能开进去，有些客栈是可以停车的。当然，这些就要靠你自己耐心地选择和询问了。

我预订的客栈是离束河古镇不远的小村子，很安静的客栈，管理者小潭是位不错的年轻人。我发现管理客栈就是要这样的年轻人，热情好客，有问必答。客栈标间一晚 98 元，房间很大，床也

朱旺在束河古镇四方街舞台上留影。

很大。后来我订客栈或酒店都要订双床的标间而不要大床房，因为双床可以一张床睡觉，一张床放行李。

来之前就知道束河古镇里有好多的狗，所以逛束河古镇时我一直将朱旺抱得紧紧的，逛了一圈后发现，束河古镇里的狗蛮乖的，包括无主的流浪狗，它们更多的是希望从游人那里讨些吃的。好多餐厅餐桌前，都可以看到蹲在旁边等着你给点吃剩食物的狗狗们。所以，流浪狗对于人来说还是很弱很弱的群体，还是不要欺负它们。

束河古镇不大，很快就逛完了，买了些纪念品，吃了晚饭，就和朱旺回客栈了。

九

第8天

忧伤的一天

　　　　　　谁会相信雨滴会变成一杯咖啡，种子会开成鲜丽的玫
　　瑰，孤寂的旅途是单程的约会，相近、相识后各自而飞⋯⋯

　　那一日，我带着我的狗朱旺，从北京开了四天的车到了泸沽
湖，又开着车来到了丽江，来到了束河古镇，我一身尘土，和朱旺
游走在束河古镇的街头。嘈杂的人群，陌生的面孔，疲惫的身体，
焦躁的空气⋯⋯

　　细雨纷飞打湿阴霾的心醉，路儿长长伴随着我的疲惫，心中一直在探询自己人生完美，完美、完美完美的干脆……

突然间的歌声在空中回荡，一种如疗伤般的清新拂去我身上的尘土，一下子阻止了我前行的脚步。顿时，说不出的忧伤撞击着心扉，我竟然抱起朱旺坐在路边的台阶上静静地听完了这首歌……

　　不曾想到咖啡让我无法去入睡，盛开的玫瑰让我心碎，寂寞的旅途会没人来陪，是你、是我在创造心灵之间的完美……

刹那间，忘记了疲惫，我想是什么力量让我一个人带着一条狗从北京自驾到了云南，又是什么力量让侃侃唱出如此忧伤无奈的歌。不经历风雨怎能去探询人生的完美，侃侃经历了什么才会觉得盛开的玫瑰让她心碎呢？

这天我认识了这位丽江歌手侃侃。进入到 CD 店知道她唱的这首歌叫《隔世离空的红颜》，我买下了侃侃的这张刻录 CD，并同时买下了一位叫小倩的歌手的 CD，这两张 CD 后来一直伴随着我回到北京。

2013 年 4 月 11 日，是出门旅行以来起得最晚的一次。

客栈院子里地是湿的，天空飘着小雨。这两天的计划就是休息，在丽江转转，在束河古镇发呆。小潭建议我去白沙古镇玩玩，说白沙壁画不错。于是带朱旺前往。朱旺依旧在我开车时狂叫，但今天它叫过之后又开始哼哼。开始以为它会不会又想上厕所了，可找地方停下车时，它却怎么也不肯下车。我想它大概是不安，今天是旅行的第八天，每天它都不知道要去哪里、要干什么？没完没了地出门开车，从一个地方到另一个地方，从叫酒店的地方到叫客栈的地方，没有一个地方是它熟悉的，它永远找不回它曾经撒尿做过标记的地方。

朱旺的不安让我心疼，我摸摸它，它瘦了，肚子也瘪了，背上的骨头一棱一棱的。

一路上放着侃侃的 CD，听着听着发现一个问题，侃侃的歌声让人很忧伤，特别是听到这句"寂寞的旅途没有人来陪，细雨纷飞，打湿阴霾的心醉，路儿长长，伴随着我的疲惫……"

阴天，忧伤的歌，再加上朱旺的哼哼声，更是忧伤。

去往白沙古镇的路上，依旧是没有路标，在车上没法问路，因为一停下车，朱旺就开始狂叫，旁人害怕不敢靠近我的车，我说什么人家也听不见，所以，我只能一次次地下车问路，终于问到了白沙古镇。

白沙古镇上人不多，白沙壁画要门票 30 元加 80 元的古镇建设费，我就不想进去了。在镇里逛逛，很小的一条街，五元钱吃了碗看着很不卫生的鸡豆米粉，至今想不起它的味道。买了一串铜铃，后发现束河古镇要便宜一半。

从白沙古镇出来带着朱旺又差点迷路了，七问八问拦了几辆拖拉机问回了束河古镇。看已中午，便带着朱旺进古镇吃了碗米线又

在白沙古镇买了几块扎染布。

买了些水果。

下午，和朱旺去了丽江古城。丽江古城的路标很清晰，一会儿就找到了，但停车是个问题，转到了古城北门，停车费每小时收五元。

丽江古城里人真是多，熙熙攘攘，川流不息的人拥来挤去。这时天晴了，太阳出来后，人一下子好躁。丽江古城里狗不多，放朱旺自己走，它高兴地小跑了一会儿后就不走了，要么让你抱，要么慢慢地跟在你身后，让你找它。你着急怕找不到它就只能抱着它了。于是我一会儿抱着朱旺，一会儿让它自己走段。

2007年我来过一次云南，到过丽江、大理、梅里雪山等地，所以这次来云南没有去梅里雪山。2007年来丽江时曾在一家小店里买过一把木梳，此次来，没想到那家小店还在，还是那个男子，只不过他已做了父亲，三岁的儿子陪着他，而木梳也从 10 元一把涨到了 12 元一把。

买了一把小木梳，请男子刻上我的名字。

有人很惊奇地看着朱旺，要跟它合影，问我行不行。朱旺认生不配合，后来发现可以将朱旺用牵引绳固定在某个地方，再让它和游人合影。因为这个方法，从丽江开始，朱旺被我摆拍了许多照片。

在各个酒吧门口，摆拍了朱旺。在"丽江艳遇之父"标牌前摆拍朱旺时，跟它说从现在开始你就是"丽江艳遇之父"了。我想朱旺一定很委屈，它到现在还是小处男，怎么就成了艳遇之父呢？

晚上，回到客栈，和一个媒体朋友聊到侃侃才知道春晚她和李晨唱的那首《嘀哒》的歌。朋友问我对丽江的印象。我想了想说："无论丽江有多么商业，它本身的文化价值、它的包容性以及在云南的地位都是中国任何一个古镇无法取代的。"

朋友一愣，说你对丽江的评价这么高？

我说我没有理由去评价丽江，相比丽江，我更喜欢待在束河古镇。丽江是混、燥的，束河古镇是清、静的。我只是单纯地以为：也只有丽江，只有束河古镇，只有在路上的心情，听侃侃的《隔世离空的红颜》，让人心碎！

睡觉前，我对朱旺说："你要明白，我们是在旅行，我们现在是一组'在路上'组合，我、你、'朱二黑'，我们仨一定会安全回家的。"

第9天 191公里

大鹏金翅鸟

一个人一条狗一辆车，北京自驾云南，今天是出门的第九天，依照计划，今天去大理。

束河古镇—大理，191公里。因不远，我想省点钱，决定不走高速。

夜里，下雨了，不算大，淅淅沥沥的。云南多雨，此次自驾之行，经常在夜里下雨。雨一直下到早晨。雨停后，天还是阴的。有些冷，清理行李时，朱旺很紧张地看我，大概也知道今天我们又要换地方了。

因为没有GPS，束河古镇又没有标识，我最终还是绕到了高速，但高速也就一小段，收费十元。随后走G214，没有再收费。

一路上，天时而晴时而阴。

去大理的路很好走，一马平川，一路风景很不错。只是此类高速或省道没有固定的服务区，路上得自己找地方休息。

在一个给大车休息加水的地方，我停车上厕所，收了一元钱。手机里有个来电未接，很陌生的区号，打过去，原来是我预订的大理客栈。客栈和我确定大概几点能到，我告诉对方时间后顺嘴问了下停车的情况，对方说车得停在大理古城外，他们客栈门口停不了车。我一愣，我说预订时说是有停车的地方的。对方说就是古城外嘛。

我一下子着急了，我想如果不能保证车的安全，就只能换一家客栈了。

这里特别讨厌某龙旅行网，真的很讨厌。我很早就是这家网站的会员，但是这次云南自驾之旅，这家网站很是让人不愉快。

首先，现在有两个手机号的人应该是蛮正常的。因考虑到此次旅行会有很多的长途要打，所以我将一个手机号申请了漫游服务，单做此次旅行的长途电话专用。我是一个人旅行，又是女性，还带着条敏感、胆小、脆弱、好叫的狗，我不会考虑临到地方再找酒店客栈，即使很多网友说现在是淡季，酒店客栈好找。

旅行出发前，我先在某龙网站查询了我可能会到的地方及大概时间，预定了几个大的地方的酒店，比如：束河古镇、大理、腾冲及西双版纳和昆明。如果没什么其他变故，到达这几个地方的时间是固定的。但因为是自驾，还带着条狗，所以，我挑选好酒店后，即使暂时不预订我也会先打电话确定是否有停车位，是否能上网，是否能带狗入住。我通常都是这三点要求，并且，预订酒店后，在到达这家酒店的前一天我也会再次打电话确定。有时也会请某龙旅行网的客服帮忙确定。

但是某龙旅行网的客服真的很让人不爽。

此刻在去往大理的路上，得知预订的客栈其实没有停车的地方，而我人又在路上，没法上网查，于是我打电话给某龙旅行网的客服，想请他们帮忙查。客服一接电话，问卡号或手机号，我报了注册这家网站时的手机号，但某龙旅行网的客服还是问："要把您这个手机号与网站绑定吗？"我说不用，这个手机号只是打长途用的，麻烦您帮我查查大理北门附近哪家客栈可以停车，我人在高速上，下午就能到大理。您咨询时帮我确定是否能停车，是否能上网，我有条小狗能否一起入住……

其实我说得蛮清楚了，但客服还在问："您这个手机号与您注册的手机号不符，需要绑定吗？"

我再次说不需要，并告之我现在高速上不方便查询，麻烦帮我确定一下后打电话过来。

但客服还在坚持："绑定后对您以后查询会有帮助的。"

我就烦了："你绑定它干吗，这个手机号回到北京也不会常用。我只是让你帮我查询大理的客栈。"

客服马上就说："您要的客栈都预订满了。"

见鬼。挂了电话后，我着急啊。客栈的事不解决我没法往下进行。朱旺见我着急，也跟着叫唤，吼了它一句，它安静了。

40

41

41. 草海里劳作的村民。

42. 我和朱旺在走婚桥上，希望都能有些好运。　　43. 44. 泸沽湖热得毛都立起来的朱旺。

47. "格萨古村落"里的广场，像个太级图。

48. "格萨古村落"里树上的屋子。可租住，一晚 80 元。

49

50

49. 女神湾美景。

50. 云南地界的泸沽湖。

51. 这个景点是去里格的路上，就是在这里我被骗了2000元钱。

52. 被骗的2000元中药钱就是在这间黑屋子里交易的。

55

56

57

58

58. 紧挨着束河古镇的小村子。我住的客栈在这里。

59.60. 静静的束河古镇。　　61. 朱旺等着吃米线时也不忘它保安的职责——看包。

62. 白沙壁画。

63. 64. 偏僻的白沙古镇很冷清，行人和游人都寥寥无几。

65. 朱旺在丽江。

66.67. 朱旺在丽江被摆拍。

走手机流量登录某龙旅行网，太慢，终于找到一家酒店，显示有停车的地方，但没有电话，想想，只能再次打电话给某龙旅行网。

这次接电话的客服是位男士，先跟他说明我此刻在高速上，请他谅解，并请他帮我查询某酒店是否能停车，是否能上网，是否能带小狗入住。但得到的还那句话："需要先绑定您的这个手机吗？"

"不需要！"我大声说，"你们老要绑定我的手机干什么？我刚看到一家大理的酒店可以停车，我请求您帮我打个电话问问能否停车、能带狗入住、能否上网？如果能就帮我取消原先预订的客栈定下这一家酒店。"

客服终于答应帮我问了，15分钟后客服回电话说那家客栈可以停车，可以带狗，能上网。于是再三谢他帮我预订了，客服马上说："稍后您能对我的服务给个好评吗？"

"当然可以。"我终于放下心来。

进入大理后，到处可以看到白族特色的白墙黑边瓦房，田间有耕作的村民，也有坐在地里聊天的男男女女，很闲适，很惬意。女的戴着草帽，用围巾包裹着脸，也有只戴着草帽或只用围巾包裹着脸的。男的多数只是戴着草帽，田间五颜六色，花花绿绿。此刻天气时阴时晴，偶尔飘着细雨。

进入大理后路标非常清晰，都不需要GPS。沿着大丽路看到了去往蝴蝶泉的标志，看时间不过下午1点，于是驱车前往。

蝴蝶泉门票要60元，停车费要五元，不准带狗进。狗不能进，我也不想进了。

喜洲古城，要 50 元门票，我就没有进去。

　　继续往前就看到喜洲镇的路标，这时下起了雨，到达喜洲古城时雨大了。喜洲古城据说是南诏古城中保存较完整的古城之一，门票 50 元，可以带狗。看见一辆辆大巴车载着游客到这里，我就不太想进去了，并且还下着大雨。一个村民说 30 元可以带我进去，我谢绝了他的好意。在门口拍了几张照片，买了个喜洲粑粑，巴掌大，三元钱。

　　喜洲粑粑估计是没买到好的，一股油垢味，不过是一个发面团，里面放了些红糖。我勉强吃了半个喜洲粑粑，还是用一大罐芒果汁送下的。

　　离开喜洲古城后不久，雨渐渐小了，丝般飘浮在空中。沿途景色很美，远远地可以看到淡蓝色的洱海，映衬着清雅的白族民居。人未到大理古城，已经被路边翠绿的乡野、整齐连绵的民房、苍山相伴的洱海所吸引。路上车不多，偶尔有戴着头盔蒙着脸全副武装的骑行客经过。天虽是阴的，但很高很空旷，空气很清新，没有城市通常的压抑和沉闷感。一切那么缓慢，那么随意，那么悠然。我的车速很慢，沿途的车都不快。偶尔我会停下来拍照，我的前方永远开阔得让我想大声呼喊，我的视野远得似乎已经嗅到大理古城的芳香……

突然狂风带着飘浮的树叶吹过，天一下子压下来，阴云密布，似乎有大雨将至。但远远的，道路却宽阔了不少，一扇壮观雄伟的门廊出现在我的右手边，于是，我情不自禁将车向右拐了进去——崇圣寺到了。

在这样的天气和环境下来到崇圣寺门前更增添了它的神圣感。

来云南前，下载打印的攻略中没有提到崇圣寺，只是车刚好开到了这里，我便顺路进来看看，我想这也是缘分。崇圣寺不准狗进，我在寺庙前待了一小会儿。风很大，吹得头发东倒西歪，朱旺经常跑起来力不从心，但它很开心，今天一路上都没放它下来狂奔，现在可是找到机会奔跑了。

事先不知道白族人崇拜"鸡"，在崇圣寺门口看到这只金色的鸟时我还在想：为什么崇圣寺门前会有只金色的鸟呢？晚上上网查才知道这叫"大鹏金翅鸟"，也就是"金色的鸡"，而这只"大鹏金翅鸟"便是白族人的图腾。据说现在怒江等地还保持着对"鸡"的这种原始崇拜。

临时预订的这家酒店还不错，128元一间大床房，房间很干净，主要是停车场大，一格一格的，车安全，让人心里踏实。服务员很好，很喜欢朱旺，都想逗它。我提醒她们，这是条敏感、胆小、脆弱、喜欢唱歌的小狗，没跟它混熟前最好不理它。

服务员不明白，还很惊喜："它喜欢唱歌，让它唱唱……"

我真是累了，不想解释，随她们逗狗。果然，朱旺很不满地"汪汪"大叫两声，服务员立刻吓住了，要知道朱旺的叫声可不像是小狗噢，像条狼狗。

我乐了，安慰着服务员："歌声还行吧？没吓着你们吧？"

服务员呆呆地看着我，没转过神来。

"别介意，这就是条贱狗，不搭理它就行。"说着我抱着朱旺上楼去房间了。

晚上带朱旺逛大理古城。和朱旺一起吃了份饺子，又叫了份饵丝。大理的粑肉饵丝太好吃了，满满一大碗，六元钱。我因刚吃了份饺子，实在是吃不下，于是尝试着给朱旺吃。我先是给它吃肉，我拿餐巾纸接着给它，它都吃了。我试探着给它点饵丝吃，我以为它不会吃，但没想到它舔得干干净净。于是老板娘给了我一盒旧餐盒，我将剩下的饵丝倒进餐盒里，朱旺也都吃了。

从这天开始，朱旺改变了它的生活方式。或者说狗这个动物适应能力很强，通过这些天的旅行，它大概明白了我们暂时是要过这种开车生活，它似乎也找到了一套属于它的游玩方式：上车就叫，叫后睡觉，停车再叫，下车就跑。并且从束河古镇开始，到时间它就提醒你该吃饭了。到餐厅门口它就不走了。它要坐在你旁边的椅子上吃肉。它恨不得将头扎进你的碗里找肉。

在大理古城朱旺玩得很疯，看上去，它很喜欢大理古城。

我也很喜欢大理古城。

第 10 天

这里是大理

　　2013 年 4 月 13 日，这一天在大理很享受：阳光、洱海、苍山、清真寺、大理焖鸭、梅子酒、落日、残暮……

　　出门前定的行程计划中，大理只待两天，然后去腾冲。

　　2007 年的冬天曾在大理待了四天。

　　对大理的印象残留于苍山洱海古城梅子酒雕梅……

❶ 温暖

在大理的第一天早晨。

7 点就醒了，似乎听到了鸟叫声。刷牙洗脸，朱旺现在已知道在我洗漱的时候，乖乖地等候在卫生间的门口。

天气很好，带着朱旺来到古城外。有人在跑步，有人在打太极拳，有垃圾车缓慢地行进，有零星的旅游大巴载着睡眼蒙眬的游人经过。人不多，大理的店铺大多要到 10 点左右才会营业。

虽然行人和车辆都不多，但我还是将朱旺用牵引绳系得牢牢的。

在泸沽湖，在丽江古城，在束河古镇，我除了在车上将朱旺固定在座位上外，下车后我几乎都是放它自由走动。丽江那么多的人，我也是让它自己走。幸亏这条小狗从小就跟着我，每当我拍了半天照片猛然想起低头找它时，它就静静地站在我脚边，哪里也不去。看着让人好欣慰。

但在来大理前的一个晚上，和朋友在网上聊天，给她看我拍的照片，她突然说了一句："丽江人好多啊，朱旺你不拴着，跑丢了怎么办？"

当时我是说不会，它一定会紧紧地跟着我。但过后我细想想突然好害怕，丽江古城那么多人，幸亏幸亏幸亏这条小狗只认我，寸步不离地跟着我，无论何时，我低头，它永远都在我的脚边。为此，我还很得意。但凡事不怕一万就怕万一，万一走丢了，我怎么办啊？我做不到一个人开车回家的。

越想越后怕，所以从大理古城开始我就拴起了它。开始它不习惯，但拍照时我就放心了，我知道它被拴着，它在我脚边。

酒店提供早餐，一份粑肉饵丝，还有煮鸡蛋、粥、咸菜。因带着狗，我提前跟服务员说我在外面院子里吃。服务员挺好，说外面院子的石凳凉，就到餐厅里吃吧。一位趿着拖鞋的男子，懒散地从我们身边经过，突然慢条斯理地说："这是大理，别拘束，没人会嫌弃你的狗，你自己舒服就行了……"

"这是大理……"这句话后来在大理很多地方都听到过，"这是大理，你不用拘束……"

顿觉好温暖，一下子对这家酒店，对大理特别亲切。

我想人不能太自私，只想着自己舒服。我也要考虑到其他客人的感受，我还是在院子里吃，我决定站着吃。

朱旺看我端着碗，立刻激动不已，不再吃我给它的蛋黄，死死地盯着我碗里的肉和饵丝。

一名男子也端了碗饵丝来到院子里，朱旺很警惕地看着他，发出警告的低吼声。我立刻制止朱旺，禁止它发出声音。

"这是朱旺吧？真可爱。"男子说。

我一愣："你怎么知道它叫朱旺？"

"那车上不是写的吗？"男子说，"那车上的狗是它吧？"

"是。"我立刻明白了，并有些小得意。车贴是出发前请人喷绘后贴在车上的。有朱旺的照片和名字，有我的新小说《温暖》及我的名字。

"你就是朱燕吧？"男子明知故问，也是没话找话说。

这时，又有两名女子和一名男子从餐厅里出来，估计是刚吃完了早饭，男子还在剔牙。显然，他们和这名男子是一起的。

"《温暖》的名字真好，就像说大理一样。"其中一名女子说。

我有些不好意思。

也可能是院子里人一下子多了，降低了朱旺对食物的兴趣，增加了它的警戒防备力，时刻警告他们不要离我太近。但它越警告，他们逗它越厉害，我便没有再吃了，也因为酒店里提供的粑肉饵丝太难吃。朱旺也只是吃了肉，饵丝一根也没吃。

吃了早餐从酒店出来，在一对夫妻开的、以儿子多多为名的洗车店里，将车给洗了。这些天"朱二黑"辛苦了，知道我一个人开车，什么错也不敢出。

因大理以前来过，而今天就是休整，随便游玩。

开车沿着环海西路向东，发现环洱海游玩真心不错，但最好是骑车。

环海西路是两条往返道，围着湖边建的路较宽，两辆车交会绰绰有余，但洱海边紧挨着有很多村庄。穿过村庄的环海西路就很窄且长，多数路段是从村民的家门口穿行，有的窄得仅仅只能穿过一辆小轿车。每次穿过这样的路我都很紧张，如果迎面来辆车怎么办？幸好"朱二黑"身材小巧灵活，每当穿过村庄时，只要没有行人和车辆，我都有意识地快速穿过，见拐弯的路段我会提前按喇叭提醒对面来的车辆。

环海西路上遇到了很多骑自行车的游客，学生居多。大理古城里很多出租自行车的地方，每天十元，很划算。三五个好朋友挑个晴朗的日子，一起租自行车环洱海，背点啤酒饮料食物边玩边看想必会有很惬意很快乐的一天。

环海西路上不时有不错的景点，可以停下来休息拍照看看洱海，不同地方的洱海景色也不同。沿途的村民朴实善良。

我太爱朱旺和"朱二黑"，我不希望自己的某个不经意的小节引起路人不满而迁怒于它们。所以，沿途不论车停哪里有无人看管我都会问问路过的村民：车停这里妨碍你们过去吗？要紧吗？这条小狗太敏感、胆小，有时会叫……沿途我问到的村民都会告诉我：没事，停这里吧。狗叫没关系的。狗哪有不叫的？村民们还会告诉我，把车停这里，往前走30米有观景亭，风景很好，好多游人都喜欢在那里休息拍照，前面还有个卫生间……

人就是这样：有人对你好，你会觉得这里好，再加上这里风景的确美，那你就会喜欢上这里。

这个地方是什么村庄我不记得了，有紧挨着洱海建的观景亭，有台阶可以下到洱海边，手可以触摸到凉凉的湖水。这里风景很美，视野很宽阔，好多骑行环岛的游人在这里停下，亭子很长很大足够五六十人在这里休息。我在这里放开朱旺让它奔跑了一会儿，然后我们坐在亭子里休息喝水吃点心，欣赏洱海不同角度的美。朱旺今天的活动量不大，吃了块牛肉干后它就不肯在亭子里待了，它要到处嗅嗅看看做个标记。我怕它惊扰了其他游人，就一直跟着它。

洱海边的台阶下，有几个十岁左右的孩子在用空罐头瓶捞鱼，朱旺也跑过去看，我也跟过去看，虽没看到孩子们捞到什么鱼，但他们那种在游玩中寻找鱼的快乐心情我能理解，也感染了我。童年时，我们不也常常是这样在玩乐中寻找着没有结果的快乐吗？

一个男孩和一个女孩，应该都不到十岁，男孩显得略大些。这

和朱旺、『朱二黑』环洱海。

两个孩子看到朱旺后就一直跟着它，它走到哪里两个孩子跟到哪里，看样子是喜欢朱旺。

我怕因为互相不熟悉而引起朱旺的叫声吓着了两个孩子，所以，我不时地提醒他们："不要去摸它噢，它会叫的。"同时，也不断警告朱旺，"闭嘴啊，叫我就打你……"

两个孩子倒不摸，只是跟着，我都打算带着朱旺离开了，他们还跟着。我只好抱起朱旺。在一个石碑前，我决定给朱旺在此留张影。我将朱旺摆放在石碑前，但等我转身刚准备拍照时却发现那两个孩子不知何时也挤到了石碑前，挨着朱旺站着。我笑了，好吧，就给他们仨合张影吧。拍完照片，我才注意到，石碑上刻着三个红色的字：三圣岛。

他们三个？"三圣"。哇，或许，这是他们仨的缘分。

两个孩子一直跟着我们走到车前，依依不舍。沿途我们聊了聊，我知道女孩八岁，男孩九岁，两个孩子不是兄妹。通过聊天我才知道今天是周六，他们休息。

一群大学生，十多个男男女女，骑着车，背着双肩包迎面而来，边说边笑，在我的车旁他们停住。

我打开车门，将朱旺放进车里固定好，我打算走了。我跟两个孩子告别，但他们太喜欢朱旺了，似乎不想它离开。这时，他们才想起询问朱旺的年龄、品种、怎么养、哪里能买到。我告诉他们朱旺马上六岁了，泰迪熊狗，吃狗粮就行，大理应该有地方能买到。狗好养，但养狗前一定要想好了再收养，因为这是责任！

突然，那群大学生中有个女生高声喊了句："姐姐，来大理找到'温暖'了吗？"

女生说完，那群大学生一起哈哈大笑起来。我一愣，突然明白他们是看到了车贴，我也和他们一起哈哈大笑。

再次和两个孩子告别，见我上车，朱旺照旧开始大声地叫喊，我从后视镜上看到两个孩子并不害怕朱旺的叫声，他们的眼神里只有不舍和留恋这短暂的相识、相聚。一下子，我的心暖暖的，或许这就是来自大理的"温暖"。

我、朱旺、"朱二黑"离开了这个叫"三圣岛"的地方。

❷ 报警

中午时，一段小小的报警经历，现在想起有些愧疚。

旅行前，我想到了旅途中我所能想到的各种最坏的可能性。车坏、换胎、打劫、骗子……我也曾模拟过各种应对措施，但从没想到过会因为停车的问题去报警。

离开"三圣岛"后，车又拐进了一个小村庄，又是窄而长的穿越居民家的小路，五六十米的样子，我依旧快速地通过。就在离出口还有十多米的时候，一辆黑色的奥迪车开了进来，车上的三名男子没有丝毫退让的意思，还有意往前逼进了些，直顶着我的车头。我想旅途中没必要争这口气，我是个女人，年龄也应该比他们三个大老爷们儿大些，理应我这个女人让他们仨，虽然我已开到了一大半。

奥迪车上的男子也很过分，我退一步，它就逼进一步，并且还嫌我慢了，不停地按喇叭。这种催促是顶要命的，朱旺也跟着凑热闹狂叫起来。我急得汗都出来了，怕剐着车了，怕撞着路边停着的自行车了，还怕有人经过。我不停看着两边的后视镜，并大声吼了朱旺一句，同时，狠狠地拍了它的脑袋一下，让它闭嘴，哪里着急它就凑到哪里。朱旺见我真生气了，立马安静了。

在我快退出路口的时候，一辆载满砖的拖拉机开了进来。我忙按喇叭示意开拖拉机的弟弟让让姐姐。开拖拉机的弟弟也没有让，并且熄了火，跳下了拖拉机。

拖拉机弟弟人高马大的，一看就是本地人，下车后也不着急，点上一支烟，看了看我，又看了看前面的奥迪车。

"你——往后退。"拖拉机弟弟叼着烟走到奥迪车前说。

"我怎么退啊，都开到这里了。"奥迪车不想退，想让拖拉机弟弟退。

但拖拉机弟弟不容置辩："叫你退你就退！快点！不然再有车来就卡住了。"

什么叫一物降一物，什么叫"凶"的怕"横"的，是谁说现如今流行犯贱的。奥迪车没再说什么向后退去，于是我赶紧跟上出了这条细细长长的小街巷。

出来后，到一个稍宽敞的地方，我停下车，想起半天没吭声的朱旺，摸摸它的头，估计是刚才打重了，我也是情急了，想让它快点停住叫声。

朱旺见我摸它，一下子委屈地整个身子都凑过来，窝在我的怀里。我也不嫌它脏，亲亲它的头，很心疼地抚摸着刚才打痛的地方。"对不起啊，有气也不能往你身上撒。"我对朱旺说，"不过人家着急的时候，你就别跟着叫了，要有眼力见，该叫的时候叫，不该叫的时候别叫……"

中午的时候，我离开了环海西路去了大理新城的洱海公园。忘了是公园的南门还是北门，我开车过来的时候，沿着洱海边看见有不少车辆停在路边，就想路边应该是可以停车的，于是我也将车停在了路边。刚停下车就有人过来问我要不要坐船。我带条小狗不方便就谢绝了。

这个地方人不多，有人工搭的石阶延伸到洱海水中，水中有一个小亭子，小亭子过去又有一条人工石阶连着岸边，前后一圈估计百米左右。很空旷，我的前方有四五个游人边走边逛着。

和朱旺没几分钟就逛完了那条小石阶，石阶旁有更衣室，有人在水里游泳。有更衣室就应该有卫生间，询问后得知，卫生间在马路对面，约30米的距离。

从卫生间里出来，回到停车处有人挑着筐在车前卖樱桃，极力向我推销，我摇头表示不要。但卖樱桃的也没走，我打开车门，将朱旺固定在车上，我跟卖樱桃的说我要开车走了，请她让一让。卖樱桃的妇人刚挑着筐离开，又闪出一个妇人拦住我的车，她看上去和刚才卖樱桃的妇人没什么两样，穿着便装，50岁左右，背着一个小挎包。妇人上来就说："交停车费。"

我愣了一下："停车费？多少钱？"我问。

"你停了多久？"妇人问。

"我刚来，就转了一圈又去了趟卫生间，最多半个小时吧。"我说完又问，"多少钱？"

妇人没有立刻回答我多少钱，而是围着我的车看了一圈，估计是奇怪车上的车贴，她又看了看车牌。这时，我也不知道何时我的车边一下子站着有四五个看热闹的人，有卖樱桃的，还有什么人真不知道。

我有多爱朱旺，上厕所都怕它跑丢了，要看着它。

我看着妇人，等她回答多少钱。她依旧不回答我要交多少钱停车费。旁边四五个人看着我，车门开着，朱旺也没叫唤。我下意识地将车门带上了一点。此刻，一股莫名的压抑让我感觉到极不安全，突然地警觉和紧张。我环顾了下四周，沿湖路边有车辆开走，又有车辆进来停下。

"这里为什么没有设停车收费的标志？"我给自己壮胆，我想大白天，会怎么着？能怎么着？"国家规定，停车收费路段需设有路牌标明责任人、单位和收费标准。可你这里什么也没有。"我问："你收费的标准是什么？"

妇人一下子语塞，大概都不明白我说的是什么。"这里就是要收费的。"妇人说。

看热闹的又增加两人，看看我的车，看看车贴，看看狗，看看我。这时，所有的笑容和眼神我都觉得不怀好意。我一个女人，开着外地车，有人拦住我要收停车费却不告诉我多少钱，五六个人围着我的车，旁边也停着四五辆车，但都是本地车。我看着妇人，她打量着我，安全感越来越弱，潜意识里我需要一种安全保障，我第一个就想到了交警，现在我唯一相信的人就是警察了。

"好吧，这样吧。"我锁上车门。因来不及抱出朱旺，它被锁在了车里，它着急地抓挠着车门和车窗。但此刻我也顾不上它，我故作冷静，对妇人说，"我打电话问一下警察，确定一下，这里是否收费，收多少？"

妇人没有表情地看着我说："你打呗。"

交警电话是多少来着，我想好像是122。于是我就拨了122。我说我在什么地方，有人要收停车费，但也没说多少钱。我问这个地方是否收停车费。

122 的女接线员态度很好，问地上有画线吗？我看了看说没有，但很多车都停在这里。

接线员问我叫什么，说立刻派警察来处理。我答应了，然后告诉妇人。

妇人愣了一下，站在车前不知所措。我看看围观的人，希望他们能散去。果然，片刻后，人散去了。除了卖樱桃的妇人还站在那里，边兜售着樱桃边想看看结果。

突然，妇人从车前转到车后，又走到车的侧面很生气地说："你欺负我一个老人。"

老人？我仔细看她，有的人显老并不一定是老人。再比如我，看着年轻，其实我真"老"了。

我深吸了口气，人说较量时比的是气量和胆识，我平静地说："你欺负我一个单身女人，一个外地人。"

妇人看了我一眼，走了。这时，我才想起朱旺，打开车门，但没有放它下来。我从包里拿出身份证、行驶证、驾照……我想一会儿警察估计会检查这些。

十多分钟后，警察没来，我有些心焦。这时，那妇人也不知去向，我想我不能这样等下去。我上了车，我将车发动起来。开车离开时，远远地我看到有辆警车与我擦肩而过，并且，从后视镜里，我看到那妇人向我的车追来。下意识里，我还是走了。

很快，手机响了。警察打来的，问我在哪里。我忙将车停靠在路边，告诉他我刚刚离开。警察问我为什么不等他，既然报了警就要等他来处理。

这时，因为人已离开那里，没有了紧张感，并且接到警察的电话后，突然地放松和平静。我一再地跟警察道歉，我说看见那妇人走了，警察还没来，于是我就走了。我解释说，当时报警只是感觉很没有安全感……

警察没再说什么。

开车回古城的路上，想起那追我的妇人，突然一下子好内疚，觉得自己处理事情还是不够冷静，或者我和那妇人都误会了对方，她不回答多少钱大概是一下子没反应过来或者以为我和大家一样知道多少钱……我又想，不过五元十元二十元，给她不就完了吗？何必肇在那里报警呢？脑袋又短路了，妇人看上去也是老实人。

我是个心重的人，一路上这么埋怨自己。看到苍山的路标，不知不觉就顺着山坡向上奔苍山而去。到了停车场才想起苍山一定不准狗进，一位戴着红袖章的男子过来说："这里停车收费五元，停多久都行。"

马上又安慰自己，是啊，无论是洱海码头还是蝴蝶泉等景点，一进入停车场，如果要收费就会有人过来告诉我，这里要收费，收多少钱，可以停多久。而那位妇人在我停车时没有出现，等我要走了她突然出现要收费。而我当时看到围着那么多人也是太紧张了，所以报警。

我跟停车场的男子说："我可不可以先带着狗去售票处问问能否带狗进入，如果能我再回来交停车费，如果不行我就离开，不交停车费了。"

"没问题。"男子说，"不让狗进我也可以帮你带狗。"

男子看上去挺喜欢朱旺的，我谢谢他了，我是不会将朱旺交给陌生人代管而自己去逛苍山的。

售票员的解答很有意思：可以让狗进苍山，但不允许个人爬苍山。上苍山必须坐索道，但索道不准狗上。

多么矛盾的回答，就直接说必须坐索道上苍山，不准带狗不就完了嘛。

我开车离开了苍山，准备回古城、回酒店吃点东西再睡上一觉。

"南五里桥村"是回大理古城的路上，突然看到的。这个地方离古城约三四公里，紧挨着路边，有座漂亮的门廊。

这是一个非常干净、漂亮、整齐、和谐、平静的回民区。倚山而建，标准的白族民居，从建筑上可以看出村里的居民祥和、富足。

我在门口停住车，因人生地不熟，不确定这个村子的居民是否欢迎我进去参观。拦住一个村民问能否进去看看。我说我可以将车停在门口，走进去。

"进去，开车进去，坡陡走起来很累的。"村民说，"车可以停在清真寺门口。"

里面还有清真寺，我一下子来了兴趣。

开车沿坡而上，道路宽敞，一尘不染，路边种着各种小花，有男人戴着白帽经过，有妇人牵着孩子走过，大家都很友善，告诉我清真寺在哪里。

将车子停在了清真寺门前，先和朱旺一起参观了村子，拍了好多照片，很漂亮很有特色的村子，还碰到五个陕西的游客，也夸赞这个村子干净漂亮。陕西游客建议我去清真寺里看看，说里面刚好在做礼拜。

我将朱旺锁在车上，跟它说："这个地方虽然没人管我们，但我们要自觉，我进去一会儿很快出来。"

此刻太阳很大，在"南五里桥村"清真寺门口，我特别放心地将车窗开了点缝，给朱旺透气，不管它是否愿意，我锁上车门，快速地跑进了清真寺。

清真寺不大，同样的干净和整齐。

清真寺里的礼拜似乎已做完，但仍有人在做祷告。我没进去到最里面的店堂，我是局外人，不应该打扰人家。

出了"南五里桥村"，左手边是清真小吃一条街。肚子真的饿了，看到"大理焖鸭"的招牌，停下车就进去了。

老板娘看我一个人，不想做我的生意，她说："你要不去问问别家吧，我家一只鸭子就七八斤，一个人吃太贵，人越多越便宜。"

我不想走了，我说："那你少做些嘛，一斤多少钱？"

她说 30 元一斤。

我说就做一斤好了，加些配菜。

老板娘表示很为难，说一斤不好做。她进去大概是和老公商量了一下出来说，最少两斤起做，问我行吗。

我说行吧，那配菜就不加了，我饭量小。

老板娘同意了。

40 分钟后，我的两斤大理焖鸭做好了，我也是饿了，但真的是好吃。老板娘很实诚，给的分量很足。我就点了这一个菜，我和朱旺一直在吃，吃了不少，最后还打包了一大盒。

❸ 等待落暮

来大理前，就决定不在同一家酒店住两天。大理的酒店客栈很多，我想尝试不同的客栈风格。所以，在大理的头天晚上，我预订了古城南门的这家客栈。

我习惯依赖网络，后来证明某龙旅行网上的很多介绍并不属实。比如说有停车场，其实是小得可怜的自家院子。单人间，就一张床的空间，行李放着都局促。但网络上真实住户的评价却是百分之百地说好。

住进这家客栈时是下午3点多钟，很热。我冲了个澡，将T恤和穿了好几天的牛仔裤给洗了。躺在狭小房间里的床上（只能躺着，没地方坐，更不可能站着），想着一会儿要干什么，想着明天去腾冲的路程、要住的客栈、路上的饮食等等，就这样小憩了会儿，5点多的时候，出门去大理古城了。

古城南门是大理古城最热闹的地方，许多店铺都开设在南门的街上。我带着朱旺是随便逛逛，打算买点梅子酒或雕梅什么的。

红龙井旁，一条年幼的哈士奇"咦咦"叫着，朱旺就喜欢比它小的狗，跑过去和人家亲昵着。在外如果无目的地闲逛，我通常是跟着朱旺，它到哪里我跟到哪里。

朱旺跟着小哈士奇来到一处很漂亮很干净的厅堂前，好多的人或站着或坐在小方桌前，我很奇怪，这里既没有卖东西的也没有什么促销活动，为何如此多的人。向旁边的一位男士打听，才知道这是一家素食馆，五元自助，随便吃，每晚5点半到7点。

难怪这么多的人，现在无论哪里五元钱想吃个痛快、吃饱还是蛮难的，何况在大理。

片刻，从素食馆里走出一位30岁左右的女子，她拍拍手说："大家安静，跟着我念。"

嘈杂的人群立刻静了下来，跟着女子双手合十闭眼念了起来。女子大概是个俗家弟子或义工，说的不外乎是些什么爱惜食物，感谢佛祖赐给我们食物……要感恩行善助人等等的话，大家跟着念，我也不好意思呆站在那里，也双手合十跟着念了一遍。

女子念完后，大家自觉地排起队来。原来5点半到了，素食自助开始了。

其实我不饿，刚吃了大理焖鸭不久。可看见大家排队也想看看素食都有些什么，吃自助素食什么感觉。于是将朱旺拴在一张小桌旁，嘱咐它不许叫，我便去排队。很长的队，还拐了弯，朱旺看不到我，身子又小，在腿与腿之间找着我。人太多，有时我也看不到它，它也不叫，我不确定它是否还在桌边，所以，时不时我会蹲下来看它。我看到它看到了我，我们都放心了。但朱旺总想往我身边来，有人坐在它那张桌上吃饭，我便过去将它重新拴在一个门柱子边。可是等我再回身时，刚才站在我身后的人却丝毫没有再让我站回队伍的意思，看来，一顿小小的自助素食也能体现出一个人的品性，刚才还在念着"行善感恩助人……"的人们在食物面前什么也顾不上了。

我不好意思为一顿饭去争执，又排在了队伍的最后，人真是多，比一开始看到的还要多，朱旺又开始找我，我也找它。我决定不吃了，我真是不饿，总之，我排了两次队，已领悟了自助素食的精神，吃不吃不重要了。

大理古城并不大，东南西北四个门，细细地逛，慢慢地散步，一个小时就逛完了。热闹的楼门前有人牵着一头大肥羊拖着一辆小车供大家合影拍照，还有人扮成财神爷、孙悟空或穿着漂亮的白族服饰供大家有偿合影拍照，多少钱我不知道，也没兴趣去了解。我只是看着一些男男女女兴致盎然地上了羊拖的车，伴着财神、孙悟空合影拍照，还有一些男男女女拍得兴致高了，也要牵着朱旺拍照。我不拒绝，更不会收费了。我很高兴地将朱旺递给他们，可是拍照时，朱旺的脑袋、身子永远是朝向我的方向。

品尝了一家的梅子酒，虽甜了些，但味道还行，便买了两瓶，顺带买了四袋雕梅。

天渐渐暗了，也是晚了，该黑了。有雨滴在脸上，抬头看时，一大块阴云盖在头顶，但雨滴并没有减轻人们游览的心情。

我怕湿湿的地面弄脏了朱旺的脚，我抱起了它。穿过五华楼的时候，有登楼的楼梯，门票两元。于是，我买了张门票，和朱旺上了楼。

五华楼有三层，每一层都足够眺望整座大理古城，远观苍山洱海。楼顶处，有几个学生看到朱旺，请求和它合影。我同意了，将朱旺放在窗前和他们合影，朱旺的眼神还是随着我移动。

在楼顶远眺大理古城，四四方方，一条十字街道奔向东南西北，熙熙攘攘的人群在街道上川流不息……安静的古城，热闹的古城，祥和的古城。

雨下了片刻便停了，远处的天空又明亮了，还露出了些许的夕阳。抱着朱旺坐在二层露台处的木椅上，看着暮日，突然就不想走了。很久没有这般静静地看看天空，很久没有这般静静地坐着等天黑，很久没有这般静静地坐坐、只是坐着发发呆，漠然地看着天空由整团的灰白色笼罩着，越来越深，越来越深……只露出中间那块即将失去的明亮。

　　这个时候，似乎需要美酒作为背景和陪衬，包里有刚买的梅子酒，拿出打开喝了两口，与此景极不协调，因过多加入了人工的酒精调制导致此梅子酒有些烈和甜涩。这酒与我买前品尝的酒并不一样。哑然笑笑，这种事已司空见惯，只能同情和鄙视商家的难做和不地道。

　　朱旺不知何时在椅子上挨着我的腿睡着了，这些天它累坏了。抚摸它时，它醒了，抬头，眼神疲惫。我抱起它，将它搂在怀里。"累了，小家伙，那还去酒吧吗？"我问朱旺。

　　在束河古镇就想泡吧听听歌，但因酒吧离住的客栈有些距离，就没去。来到大理，知道红龙井旁的酒吧多，打算晚上找家酒吧听听歌的，但现在看到一脸倦容的朱旺，并且，我也累了，明天要开车去腾冲，想想算了。

　　抱着朱旺站起，真不想离开五华楼。

　　点苍山，映洱海，有一个地方，它叫大理。

　　有一种留恋，是不愿意离去，那个地方的不舍，它叫大理。

　　风花雪月，独爱大理。

第 11 天 359 公里

和顺古镇

　　来腾冲前，从朋友们那里得到关于腾冲的信息大多是温泉和玉石，但不来腾冲不会知道这里如此温馨如此美丽，尤其是和顺古镇。

❶ 快乐与忧伤

　　早晨发现卫生间里没有热水，原来这是一家早晨不提供热水的客栈。我决定退房离开了。

小小的院子里竟然挤了三辆车。老天！紧贴着"朱二黑"的是一辆七座面包车，后面还有一辆轿车。其实老板不需要用"有停车场"这条来招揽旅客，要知道大多数游客不是开车来的。

我不是个喜欢抱怨和啰嗦的人，等着我后面的车主将车挪开，我再开车离开是半个小时后的事。

将"朱二黑"挪出院子开到了路边，习惯性检查车前车后、每一个车胎，车后轮处新增了一个小小的擦伤，一定是昨晚那辆面包车停车时蹭的。心里立刻就很烦这家客栈，何苦呢，一定要在网上注明有停车位吗？

不说闲话了，今天的目的地是腾冲。

换了一家客栈。院子太小，「朱二黑」停进去都满了。

腾冲是个美丽的地方，有热海、火山、和顺古镇、北海湿地……想到这些，一下子觉得天气好热。也的确很热，这天最高温度29度。

今天换了张小倩的CD，里面有首歌让人听了忽地愉快又忽地悲伤。

> 就在这一瞬间，才发现，你就在我身边。就在这一瞬间，才发现，失去了你的容颜……

一路上反反复复地听这首歌，一会儿很快乐，一会儿又很忧伤。

> 什么都能忘记，只是你的脸，什么都能改变，就再让我看你一眼……

快乐又忧伤，我会思念谁呢？

我最亲密最舍不得的朱旺、"朱二黑"都在我身边。

似乎没有目的的思念。一会儿快乐，一会儿忧伤。后来知道这首歌名叫《一瞬间》。

真的是一瞬间——快乐与忧伤。

出大理后不久，天下起了雨，原来燥热的天一下子凉爽下来，我开了右手边的窗，朱旺站起扒在车门上看了会儿风景后，就到车后座上睡觉去了。

这里要夸夸腾冲的高速路，虽然是一个小县城，但高速路建得绝对有国家道路范儿。标识清晰明朗，道路宽敞，连途中的服务站都是按照国家级高速公路建的。宽敞整洁，设施齐备，卫生间干净。

中午的时候，在永平服务区，我在卫生间里突然听见朱旺不断的"汪汪"声，我忙跑出，一群人正围着"朱二黑"转着圈看，还有人趴在车窗上往里看。朱旺没见过这么多人围着"朱二黑"的，它很没有安全感，像个警报器一样"汪汪汪"地狂叫，一声比一声急，一声接一声，这会儿看到我出来了，简直是声嘶力竭。

我忙过去告诉他们只要有人靠近车，朱旺就会"汪汪"大叫。

这一群有九个人，开着三辆川牌车，大概是坐车乏了，想找个人聊天，也愿意碰到稀奇古怪的事情以增加他们的旅途见闻。所以，逮着我这么个怪人后可是不想放手了。

腾冲虽是一座县级城市，但建的高速公路和高速服务区，绝对是国家高速的范儿。（行车记录仪拍）

"哟，你从北京开车来的，你一个人？"一个男子突然看到了我的车牌，似乎吓了一大跳，"你一个人怎么开啊？不休息吗？"

"我——现在就在休息。"其实我停在这里，原是打算在车里睡一会儿的。

"你去哪里？还带着条狗。"又有人问。

如果我也是坐车，上车就睡觉，那么，我也会同他们一样下车后想轻松地和人聊天，说些无关紧要的话。但我一个人开了好久的车，还要继续开很久的车。我下车后很累，没有体力去跟人聊天，替人解闷。我只想安全。我希望他们能让我休息会儿。

"你是旅行还是——"又有人在问我。

"干吗带条狗啊。你去哪里？是腾冲吗？"

我说是。

"你怎么不找个伴啊，约几个朋友啊——"

"你开几天了？都去了哪些地方？"

有人还拿出相机来拍我和朱旺。我知道他们并无恶意，他们只是无聊、休息，没什么事做，也是仗着人多，没有安全问题，所以可以放心大胆地对他们所感兴趣的问题任意提问、打听。

朱旺开始在我怀里折腾，我也没法休息。我决定走了，去下一个服务区休息。

和顺古镇是我到腾冲的第一站。

和顺古镇这家客栈是出发前在北京就订好了的。按照事先和客栈老板娘说好的，到达和顺古镇大门口就给她打电话。老板娘的儿子小张很快就到门口来接我。

编辑证再次让我占了便宜，免了门票钱 80 元。

在小张的引路下，我开着"朱二黑"避开了密集的小路和人流左拐右拐进入到和顺古镇。和顺古镇不大，是个倚山而建的村落，多是上坡的路，而且坡度很大，有的呈 30 度。我开着车很紧张，毕竟在城市里平直的路开惯了，很少开如此陡峭的山路。

小张究竟是年轻，也习惯了这样的山路，一路上鼓励我往上开，说没事，开吧，我就踩着油门咬牙开到了古镇山顶的中天寺旁。小张家的客栈就在这附近。

然而，停下车，往下走的时候我才感觉到后怕，中天寺往下的坡约 40 度，这么陡的坡，青石板路，光光滑滑、弯弯曲曲的，有的路还很窄，旁边连着小巷或村民的住宅，不定什么时候一旁的岔路上就会冒出一个人来。我怎么就开上来了？人说上坡容易下坡难。我对小张说，我离开的时候你得陪着我下去。

小张说没问题。

和顺古镇很多家庭都在经营客栈，每一家客栈都很悠闲很有特色。小张家的客栈是那种传统的两层住宅。楼上楼下都有客房，我订的是二层的双人标间，70 元一晚，房间很大，如果两个人住还是很值的。

搬行李折腾了一会儿，肚子也饿了。和顺古镇不像丽江古镇和束河古镇或大理古城，出门就能在沿街的各个角落里找到填饱肚子的特色小吃米线肉饼等。和顺古镇完整地保留着她原始古老的民风民俗，早中晚吃饭时间较固定，虽然也有一些对外营业的特色餐厅，但都集中在和顺小巷门口及刘家巷附近。

小张给我办入住手续时告诉我他妈妈可以做饭，早中晚都可以做，但中餐和晚餐要提前预订。我看时间已过了吃午饭的时间，便去车里取了碗快餐面泡着吃了。

外面太阳很大，一层院子旁有三男一女四个年轻人在打扑克，有条黄白相间的蝴蝶犬蹲在一边看着他们打扑克，同时眼睛扫射着二层的朱旺和我。我想它一定是客栈里养的狗了。

带朱旺下楼，咱是客人，也该让它熟悉下这里的住客，免得它老是没有安全感。

一聊天才知道，四个打扑克的年轻人是一路搭车从广西北海到达云南腾冲的。他们已经来腾冲四天了，先在这家客栈住了一天，又去腾冲县城住了两天。把腾冲县城的景点玩完后又回到了和顺古镇，再次住进了这家客栈。他们住的是公共卫生间的标间，一个人一晚上20元钱。四个年轻人已经搭车出来玩了近一个月，并且是一个月前在北海青年旅舍相识的。我想现在的年轻人真的是厉害。

客栈老板送给了我一份《和顺旅游景区导游示意图》，建议我先把客栈附近的景点逛了，明天再去古镇门口的景点玩。

❷ 朱旺开始吃狗粮了

一个人一条狗一辆车，2013年4月14日下午两点半，我、朱旺、"朱二黑"来到了和顺古镇。

我先去的中天寺。

中天寺离客栈约50米的距离，但近40度的大坡，走起来还是蛮吃力的。朱旺倒是跑得很快，欢蹦乱跳地就上了中天寺，直接就进了玉皇大帝殿，还没等我反应过来它就在玉皇大帝庙堂前的门槛处撒了泡尿，吓得我不断地向玉皇大帝道歉。

我是个凡夫俗子，平时见庙就逛，能看到的《佛经》都看过，《圣经》是当文学著作读的，也读过《古兰经》。但我真是没什么信仰，尊重所有的神灵，入乡随俗，尊重当地民风民俗。虽然朱旺作为犬类有在陌生地方撒尿做下记号的天性，但我不想为此得罪庙里的菩萨，我期望庙里所有的菩萨都能保佑我、朱旺、"朱二黑"一路平安，安全地回到北京。为此，我向玉皇大帝许了个愿，离开和顺古镇前，我会再来拜中天寺及庙里的各位菩萨。

再以后，进入任何寺庙或殿堂、展览馆等场所我都抱着朱旺。不放它下地，它就不会做记号撒尿了。

在中天寺又碰到了那四个年轻人，很奇怪我出门前他们还在打扑克，可现在却比我早到了中天寺。四个年轻人准备去山顶看日落，而我打算去镇中心看看。

和顺古镇的狗多是家养的，都散放在外，和朱旺往下走的时候，常会碰到闲散游逛的狗，虽都不大，但都让我和朱旺紧张一阵子。

和顺人很富有，是著名的侨乡，每家都有亲戚在国外。这里很多宅子长年空着，包括祠堂，很多人只是祭祖的时候才从四面八方回到这里。

旅游图上指示前方不远处是"千手观音古树群"，我和朱旺顺着道路继续向右走。弯弯的小巷，静静的村庄。事后想起时，我非常喜欢这条去往"千手观音古树群"的小路。那时太阳还是很大，但沿途成片的树荫遮盖，小巷弯弯曲曲，一家连着一家，有村民坐在家门口乘凉，也有村民背着孩子经过……大家的表情很舒展很惬意，没有城市人的焦躁和忧虑，每个人都似漫不经心的平静，每个经过的人都会主动打着招呼。

估计我一看就是外地人，有村民经过时夸朱旺长得漂亮，那份夸赞就像是在说邻居家里顽皮的小孩，让人分外舒坦。

"这狗颜色真好看，长得好漂亮。"

"带着狗来旅行啊，多玩两天。"

"你的狗狗好乖噢……"

我突然有种错觉：我不是异乡的客人，我真的是回家探亲的，回到了家……

一个拐角处，两条岔路口，我正犹豫走哪边时，从岔路口上的一个院子里突然传出一个女子的声音："往右边那条路走，走过去就可以看到了……"

她知道我是要去哪里吗，就给我指路？

我隔着满院的花朵喊了一声："我要去'千手观音古树群'。"

"知道——往右边那条路过去就是……记得在那里许个愿噢，很灵的。"我只听到女子的声音，却连个人影也没看见。

果然，和朱旺向右走过去不远就看到暗红色的泥土路，走上去，密集的树林，迎面一棵树看上去就像个千手观音。

我怕泥土弄脏了朱旺的脚，也担心小家伙累了，我抱起了它。走过古树群发现，刚才那棵"千手观音古树"从侧面看其实是连成一条直线的五棵古树。我暗自笑了，这倒真是千手观音，生活中我们看到的"千手观音"不都是这样表演出来的吗?

想起刚才那个女人让我在"千手观音古树群"前许个愿的。我想了想,我不贪心,不求名不求利,只求我、朱旺、"朱二黑"一路平安,安安全全地回到北京。

和顺古镇的街道成不规则的弯曲,有时你走的是直线,但可能就走到了另一条街道上。小镇虽不大,但街道上行的坡度很大,有的地方,大概是尹家巷处,我目测坡度不低于40度,很小的街道,走上去很费劲,但我竟然看到一辆黑色奥迪车顽强地开了上来,并与一辆下行的垃圾车在狭窄的街道上会车。

按照游览图上的标识往下坡的路走就可以到古镇门口,但走着走着有时就没路了,向村民打听说要往上走。往上走?我的方向感应该很强,沿着坡下去不就到镇门口了吗?为什么还要往上走?

村民也解释不清楚,反而觉得我问得奇怪,告诉我上坡后就到了。我只好听村民的上坡后,再下一个坡果然就到了镇门口。后来明白,不能按照常规的直线走,也不能依赖游览图上的线路,因为有的两条街是倒着的"V"字形,而"V"字汇集交叉点又是另一条街。

有人形容和顺古镇为"弯楼子",不知道是不是由这而来。

镇门口可以看到和顺古镇标志性的牌匾,牌匾的正面是朱镕基老先生题的四个大字"和顺和谐"。印象中朱镕基老先生是很少会在某个地方题字或题词的,看来和顺古镇也得到了朱镕基老先生的认可。牌匾的另一面是李瑞环老先生的题字"内和外顺"。是啊,

很值得看的『滇缅抗战博物馆』。

古人就常说"家和万事兴"，内里和了外面当然顺了。

我在"和顺和谐"牌匾下给朱旺来了几张摆拍，它越来越配合。没有办法，小球球，陪着我出来，就得忍受这些。

"和顺图书馆"和"滇缅抗战博物馆"挨在一起，我和朱旺到达这里时已是傍晚，太阳下山了，馆里几乎没有人，除了门口的验票员。逛完这两个地方，我就和朱旺往回走了。

回客栈的路上也没看到什么吃饭的地方，于是依旧到车里取了从北京带来的巧克力、饼干、肉肠还有快餐面，依然感叹开车的好处。

我吃面的时候，突然听到"咯嘣咯嘣"的声音。一惊，回头看时，却是意外的惊喜，不相信自己的眼睛。出门的第 11 天，朱旺开始吃狗粮了，并且是一次性地吃光了。我养它快六年了，除了年幼时给什么吃什么外，成年后它将食盆里的狗粮一次性吃光的次数少得可怜。看来，它现在体力消耗大了，也真是饿了。我抱过朱旺揉了三揉，虽然它很脏了，我还是亲了它三下。这么乖的狗，不喜欢才怪！

打开电脑整理照片写日记，客栈的无线网络很给力，搜索网页很快，习惯性地看各种新闻、八卦……黄晓明瘸着腿捧赵薇首次导演的电影《致青春》，还把赵薇熊抱了起来；有记者开始说陈坤与赵薇不和……而新闻说重庆不雅视频案赵红霞被抓起来了，可能会坐牢。我就想那她的女儿怎么办？那么小的年龄就得经受这些。当然，我是瞎操心了。

另外，我也顺便关心了下国家大事，什么冰岛女总理携夫人访华了，习近平主席和李克强总理分别接见了……并且，所有关于习近平主席和第一夫人彭丽媛外访的新闻和图片我都看了好几遍，特别是彭丽媛，看她穿什么衣服，戴什么丝巾……

晚上11点的时候，准备睡了，睡前往朱旺的食盆里又倒了些狗粮。

半夜里，又听到"咯嘭咯嘭"的声音，我舒心地笑了。我太爱朱旺了，它竟然又去吃狗粮了。突然，我又好心痛，它一定累坏了。它能这么吃狗粮，肯定也饿坏了。

同时，我又担心，朱旺这么个吃法，我带的狗粮够它吃吗？

第 11 天

359

公里

098

第 12 天

家一样的感觉

　　和顺古镇的夜晚很静，客栈的床干净舒适，可以放心地将身体窝在被子里。

　　我睡得很好。夜里又下起了雨，雨滴滴答答地敲打着房顶、窗户，睡梦中仿佛回到了久远的故乡，回到了我的那间小屋。

　　在家乡武汉，在父母筑造的家中，我有一间不足 12 平米的小屋。小屋有两扇窗，一扇朝南，一扇朝东，我的床架在朝南的窗前。那间小屋给了我许多美好的记忆。南方的雨水多，梅雨季节时，也是像这样，夜里会下起小雨，雨滴在窗台上、窗户上流连，淅淅沥沥、滴滴答答，多少个夜里我都是这样听着雨声睡去，又听着雨声醒来。

在和顺古镇的第一夜晚，我又听到了这熟悉的雨声，不大，但雨滴很重，能够在地面敲出声音，像打击乐器一样，节奏奋劲而缓慢，声音细腻而温和。它不像暴雨那样劈劈啪啪声音嘈杂空气湿闷让你辗转难眠，它温柔而舒缓，像一支浪漫温柔的催眠曲。我想我可能是想家了，想我的家乡和亲人，想伴随过我成长的小屋。我永远都记得在小屋躺在床上看月亮的日子，窗户开得大大的，月光毫不夸张地铺满整个窗子，整个人笼罩在月色下。那个时候不懂得被月光如此地宠爱是何等的奢侈，那个时候更不会知道，离开那间小屋后就再也没有机会回到那里，也再没有一个地方能让我躺在床上看月亮、听雨声。

❶ 和顺小巷

早晨时，雨停了，家乡的雨通常也会在早晨停住，似乎有意避开上班上学的人们。

在床上赖了一会儿，朱旺见我醒了，先是哼哼，想让我起床带它出去上厕所，但见我没有要下床的意思，它便蹲在它的窝里看着我，真是可爱。"爱死你了！"我胡噜着朱旺的头，它立刻附和我，小尾巴摇得欢实。

8点多，我下床了。带朱旺到二层露台上走走，地是湿的，好厚的水汽，空气湿润，从楼顶望去，远处的房屋竟然带着雾气。多么清新洁净的一个早晨。楼下有碗筷的声音，真像家一样。在家里，醒来时就会吃到妈妈做的鸡汤面或蛋炒饭。

其实我没有那么饿，但还是请老板娘做了碗粑肉饵丝。

幸亏我在大理曾吃过好吃的粑肉饵丝，不然我会以为粑肉饵丝就是这么难吃。老板娘做的粑肉饵丝真的很难吃，我明白这是水平问题，与人品无关。

雨后的和顺古镇很清爽怡人，正是逛街的好时候，地还有些湿。从车里取了水，还有背朱旺的肩带包。将朱旺背在胸前的确轻松了不少，至少双手腾出来了。

今天打算仔细地逛逛和顺古镇。

青石板的地面看上去湿湿滑滑的。我前面背着朱旺，后面背着双肩包，双手捧着相机，边拍边走时突然想：如果明天早晨也下雨，这样湿滑的青石板路我怎么将车开下去啊？不禁又担心起来，转头回到客栈再三叮嘱老板娘明天一定要送我出镇。老板娘让我放心，说这路不滑，开车下去没事的，她虽这么说，但同时也埋怨她的儿子就不该让我把车开到那么高的中天寺旁。

因昨天稍熟悉了些和顺古镇的路况，所以今天逛起来并不那么陌生，也因为朱旺被抱在怀里，所以有狗经过时我也不怕，朱旺也不怕，它摆着脑袋左顾右盼。倒是路边的狗狗们很奇怪地看着我和朱旺，估计是奇怪朱旺为什么被挂在胸前。或者也很纳闷地想：朱旺是活物吗？如果是，为什么不下地走路？也或许有些狗狗们会同情朱旺下不了地，再或者也可能是羡慕这条狗真他妈有福，逛个街还不用亲自走。当然，路过的人看见我胸前的朱旺，多数人会觉得朱旺可爱、幸福，有人大概也会觉得我有什么问题，背着狗逛街。

　　和顺古镇有 600 多年的历史，行走的路上，某个不起眼的拐角处常常可以看见用石头垒砌的桌椅，占地不大，一平米左右，小巧而精致。一边有台阶可以上去，一边有护栏围着，护栏也是石头砌的，刻有漂亮的花纹。我想这大概是供走累了的人休息用的，由此可见当年戍边的军士和家属彼此很和谐，并且有很高的素养。

　　和顺古镇的前辈在教育后代上是很下功夫的。"兴仁宏德"——是一条街道口门楼上的牌匾。从字面上的意思看是：兴旺仁义、仁政管理、志向宏大、道德高尚。古镇经常可以看到这样的街道和牌匾，它不仅仅是古镇建筑的一个特色，它同时向人们传达着和顺古镇 600 多年的文化传承和历史博学，以及他们所宣扬的仁义道德……

　　走过的街道，有很多村民的房屋外墙皮已经脱落，但从房屋建筑和格局仍能看到和感受到古镇那古老和传统的气息。这些都是文物，都值得保留。

　　和顺小巷是和顺古镇最大的、也是非常值得去的景点。里面虽然人工修筑的痕迹严重，但原始的古朴仍旧保留着。

　　进入和顺小巷的时候，太阳出来了，地干了。我放朱旺下地自己跑着。我轻松了不少，它似乎也一下子解脱了，顺着三合河来回跑了几遍后，喘着气回到了我身边。

　　和顺小巷沿古镇三合河而建，非常干净整洁的街巷，要想全面了解腾冲人外出经商及求学等奋斗史，你就静静地仔细地走一遍这条街上的每一间房，谦逊地平静地品读这条街的历史，感受腾冲人的人文精神。古老迷人的园林建筑、总兵老宅、大马帮博物馆、西南丝绸古道、滇商辉煌的经商历史……这些可以从 3000 件文物和

腾冲属于亚热带气候，过了9点就热了起来，但朱旺依旧很兴奋地跑来跑去。

近百幅老照片中了解到。在这里还可以看到木雕、土锅酒、打铁等多项民间手工艺展示。

和顺小巷过去是陷河湿地。三合河边有小筏子可以送游客到陷河湿地，往返30元钱。划船的师傅说可以带宠物上去，但我还想往前逛逛，回来再坐筏子去陷河湿地。结果和朱旺慢慢走着，顺着曲里拐弯的泥巴小路越过几条小沟就走到了陷河湿地。陷河湿地绿树葱翠，河水清澈，湿地旁有很多漂亮的鸭子走来走去，惹得朱旺奇怪地看着它们，想追又害怕，便紧紧地跟着它们，直到它们进了河里。

❷ 让小镇人骄傲的艾思奇纪念馆

艾思奇纪念馆位于和顺古镇水碓村，水碓村因水碓湖而得名，水碓湖紧连着三合河。

水碓村也是一个依山而建的小村庄。入村庄前有一座巨大的水车，水车对面是一个洗衣亭，有人在洗衣。洗衣亭向左有条卖旅游纪念品的小街，沿街而上，再拐弯就是艾思奇纪念馆。

水车的右前方有块空地叫大月台，大月台的右手边是元龙阁，元龙阁前有个停车场，停有四五辆电瓶车。

有一条说不出品种的狗在洗衣亭前晃悠，看见朱旺江江叫着跑了过来，狗是中型狗，朱旺害怕站起要我抱。我抱起朱旺时，那条狗已跑到我身边，见我抱着朱旺就没有到近前，但很警惕地看着我和朱旺。我不知道那条狗是否有主人，但也不想狗和狗之间有什么纷争。右手边不远就是元龙阁，我抱着朱旺向那里走去。那条狗一直跟着我们，在我和朱旺准备进入元龙阁的时候，它大叫了几声，像是提醒里面的人。看来是条护院的狗。

印象中叫阁必定是"儒、释、道"三教合一的道观。元龙阁还在装修中，有人不断地运沙子水泥砖进去。我在名曰"隔凡"的门廊前犹豫是否要进去，一位运沙子的工人远远地叫着："进去看看吧，来都来了。"我笑了，真是好客。因为是道观，不想朱旺乱造次惹怒了谁，便抱着它进了元龙阁。

上台阶的时候，偶尔回头望去，那条狗没有跟进来，蹲在了门口。看来狗是个严于律己的动物，很明显知道"元龙阁"不属于自己的地盘，但又要坚守职责，所以就蹲在了门口。真是比某些执法人都有原则、守制度，不乱执法、不越权。

元龙阁不大，里面实在破旧，需要好好修整。不过，站在元龙阁的最高处，倒是将水碓村和水碓湖一览无余，风景和角度都不错。

从元龙阁出来，那条狗已不在门口了，我便将朱旺放下了地。大榕树下，有个50岁左右的妇人坐着小凳支着木桌和竹筐在卖松花糕，两元一块。我买了一块尝了，味道真不错，回头想再买时，松花糕已被一个女游客全部买下了。

穿过卖旅游纪念品的那条街就是艾思奇纪念馆。那条街好大的坡，我走了四五米就累了，站在一个小摊前喘着气。问摊主艾思奇纪念馆还有多远。摊主说上了这个坡再拐上去就是了。

我看了看那个坡有四五十米，再看了看拐上去的那个坡，也近40米，而且坡度都不小，我真累了，不想去了。"球球——"我叫了一声，朱旺立刻跑回我身边，"不去了，累死了。我们往回走。"

我做了个往回走的手势，朱旺立刻向坡下奔去，旁边的摊主突然急了："拐上去就到了，也没多远，那可是艾思奇纪念馆……"

松花糕不错，可惜只吃了一块，就被人买光了。

　　我看着摊主，看着他着急的表情，他倒不急着让我买他的东西，却着急我不去看艾思奇纪念馆。摊主见我看他，马上诚恳地点点头："三分钟就到了，不累的——"

　　摊主的表情让我不去都不行。"行！我上去看看。"我叫回朱旺，它不计较地又迅速从坡下跑回向坡上跑去。

　　坡真的很长，我真的很累，朱旺跑得太快，还未到艾思奇纪念馆门口就听到汪汪声，一条和朱旺不相上下的狗不知从哪里冲出，上来就咬朱旺。朱旺先是愣了一下，突然发现对方的不友好，也反扑过去冲向那条狗。一时间有些乱，我急得快步向门口跑去。有一个男人比我更快地从艾思奇纪念馆对面的小店里冲出来，叫着那条狗的名字，那条狗停止了撕咬，但很不乐意地看着朱旺，挡在了艾思奇纪念馆的门口。

　　朱旺还在冲那条狗叫着，我一把抓起朱旺抱在怀里。但那条狗似乎仍不想让我们进去，小店里的那个男人只好过来吼开那条狗，然后对我说："进去吧，里面很有意思的。"

　　我知道有太多的地方，旅游景点盖一所房子搭一个院子整一个庙，然后有人站在房子外院子里庙堂上哄着游客们进去参观，目的就是希望游客们像个傻瓜一样往里面扔钱。

　　但男人的表情并非某些寺庙外的"真香客假香客"软言细语地哄你进去，只为了让你掏些昂贵而没有必要的香火钱的人，艾思奇纪念馆里也没有什么哄你去购买的纪念品，只是门口有两个验票的工作人员，其他便是游客了。

　　艾思奇纪念馆是一座很漂亮的中西合璧的四合院，院中是艾思奇的雕像，房间里有他的生平及事迹介绍，有毛泽东题的词"学者、战士、真诚的人"……因为是纪念馆，我进门时就将朱旺背在了怀里，还好朱旺也累了。

从纪念馆里出来时，那条狗还蹲在那里，我背着朱旺故意在它面前站了站，它仰头奇怪地看着我怀里的朱旺，又看看我，竟然没叫，只是很疑惑。我笑了，冲它说："你好凶噢！你看着这个院子是吧？"

那个男人又从小店里出来了，他说："里面不错吧，很值得看吧。"

我突然明白这个小镇上的人为什么那么急切地希望我进艾思奇纪念馆去看了，那是他们的骄傲。他们只是希望你来到这里，来看看艾思奇纪念馆、和顺图书馆、滇缅抗战博物馆、和顺小巷……那些他们引以自豪的地方。他们不屑于去欺骗你，挣些让人唾弃的小钱，他们"销售"的是他们的文化和品质，他们传承的是他们祖祖辈辈留下来的优秀品格。

朱镕基老先生说和顺古镇是中国最美的古镇之一，名副其实。

❸ 选择的快乐

中午过后，天气一下子热起来，背着朱旺浑身是汗，连眼镜片都被汗水蒙住了。不想再走路了，和朱旺在大月台门口坐电瓶车回到了古镇门口。朱旺第一次坐电瓶车，说不出的惊奇，总想脱离我的手，它的毛发被吹得东倒西歪，舌头吐在外面，口水飘到我的脸上。好不让人讨厌的臭狗，它还很得意，经常回过头来看我为何要紧紧地抱着它。每一次回头，它的嘴里就吐出一股热气喷在我的脸上，还好最近嘴不臭，否则，我是亏大了。

终于满脸是汗地背着朱旺回到客栈，在门口碰到那四个年轻游客中的三个，看见我背着朱旺不禁感叹："你真猛，一直背着它吗？"

我摇头，已累得不想说话了。

冲了澡，舒服多了。露台上，四个年轻游客中一个男孩子裸露着上身在躺椅上晒太阳听音乐，见我过来，他要让我坐。我说我晒了一上午的太阳了。我坐在走廊上阴凉处休息吃点东西，上午太累了。

男孩子问我上午都去了哪里。我简单地说了一下上午游玩过的地方，然后问他怎么不和那三个朋友一起出去玩。男孩子说不想玩了，他来和顺古镇就是要休息睡觉晒太阳的。

耶！这倒是个很好的想法。

人是很容易受到影响的，我决定下午就在客栈里睡觉，哪里也不去了。

一觉起来，5点了，太阳还很大。

去车里取了一堆零食：牛肉干、巧克力、饼干、鱿鱼丝、糖、芒果汁、话梅……在走廊的桌子上摆了满满一桌，一边吃一边用iPad和朋友视频聊天。一时间，很惬意。

朋友说："看照片你不是迷彩裤就是海魂衫的，也不打扮一下。"

我说："一把年龄了打扮什么，哎，你不觉得这样很安全吗？"

朋友又问："逛了丽江古镇、束河古镇、大理古城、和顺古镇，觉得哪个最好？"

"嗯……"我想这个可不能乱评价，"丽江商业，束河雅致，大理舒适，和顺人文。"

朋友笑了："谁也不得罪。"

"也不是。"我说，"丽江虽然商业，但不可复制，更无法取代。"

朋友疑惑，问为什么。

我笑而不答，其实一路下来，发现无论束河、大理、和顺都在酒吧娱乐上模仿丽江。其实不要模仿，保持自己的特色才是最美的。

朋友听我说游玩的经历很羡慕，而后突然特深沉地问我，能不能用一句话形容一下此次的旅行。

一句话，有点难度。我说："其实旅行只是一个人一生中某段时间的生活罢了。不能说你在家里就不是享受，我在外自驾旅行就很特别。其实这些不过是我们各自人生中的一段生活而已。在家休息或在外旅行，只是选择不同罢了。你在家享受你的生活，我在外享受旅途中的生活。仅此而已。没有谁比谁特别，谁说在家里睡大觉就不快乐呢？"

朋友哈哈大笑，说我总是能这样宽慰人，总是把复杂的人生平淡化。

本来就是这样，生活重在选择，而不是羡慕。你选择了就是种快乐，而不在于你在哪里，过怎样的生活。

68

白族人的图腾，崇圣寺前的金鸡。

69

69. 还未到大理，路两边已
呈现白族式建筑。

70. 田间劳作的村民。

70

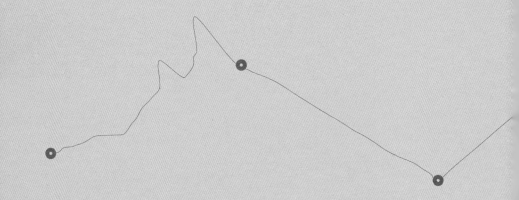

71. 小朱旺是没有办法，不得不
    配合我拍照。

72. 朱旺被摆拍。

73.74. 朱旺看上去也喜欢大理，每
    一张照片似乎都在笑。很多
    游客抢拍朱旺。

75. 就是在这个地方，因停车问题我报警了。我太
紧张了，其实后来想想，也没什么事。

76. 给朱旺摆拍时，两个很喜欢朱旺的孩子也跟了过来，难道这就是传说中的"三圣岛"吗？

77. 五元素食自助，排队的人很多。

78. 南五里桥村，干净、寂静的小村子，沿山而建。村民善良、和谐，里面有座清真寺。

79

79. 站在中天寺看和顺古镇。

80

81

82

83. 瞧这路有多陡。

84. 从腾冲开始，经常看到这样的小花。

85. "一刀穷一刀富"，还是有人会试试的，有点类似彩票的性质。

86. 居住家庭客栈的院子，老板一家人挺不错的。

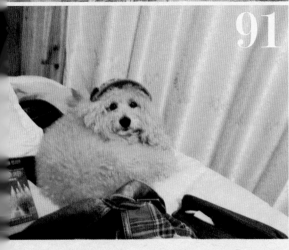

87. 和顺小巷。

88. 大槐树，从枝叶上就看出已
N 多年了。

89. 逛湿地，看到一群鸭子，着
实吓了朱旺一跳，它一直跟
着这群鸭子，鸭子们都入水
了，朱旺还奇怪地看着它们。

90. 朱旺上厕所时，一条小狗献
媚地跑来，朱旺却害怕地躲
开了。看来我得教育教育它。

91. 洗澡出来，朱旺又偷偷上床
了。还好，回客栈就先弄干
净它了。

92

顺着这个坡上去，再向左拐个弯，上坡后就是艾思奇纪念馆了。这个坡很陡，走着真心累。

第 13 天

腾冲

　　似乎是从大理开始，游记逐渐长了起来。而又似乎是从腾冲开始，想写的想说的越来越多。

❶ 在"热海大滚锅"泡脚

　　夜里又下起了雨。

躺在床上，听到雨声，既舒展又担心。舒展的是温柔的细雨很容易让人入眠，担心的是雨后的地面湿滑，开车下山有一定的危险性。

雨淅淅沥沥地一直到早晨也未停。

今天计划去腾冲市里。

早晨 7 点多就醒了，看到朱旺饭盆空了。昨晚一盆狗粮它又吃光了，很是欣慰和心疼它，反复摸它的脑袋，搂在怀里亲昵以表扬及鼓励它再接再厉。

离开前，抱着朱旺去了中天寺。因第一天来和顺古镇上中天寺时，朱旺在玉皇大帝门廊边撒了泡尿，当时我就向玉皇大帝道歉并在心里许诺：临走前一定会来拜别中天寺。

跟所有的菩萨告别，依旧是那句话：不求名不求利，但求保佑我和朱旺、"朱二黑"一路平安，安全地回到北京。

别以为朱旺每天早晨这么乖地蹲在一边等着我清行李，其实它是在监视我什么时候开始清它的行李。

早餐后，老板娘送我出古镇。坡很陡，雨还在下，地有些滑，我想将"朱二黑"挂4H—L没有成功，就挂了4H。上车前，反复提醒老板娘朱旺会叫，请她不要在意，也不要害怕。朱旺从没咬过人，也不会咬人，让她放心。她点头说她不怕狗。

路很窄，下坡的时候，感觉老板娘很紧张，我也很紧张，窄窄的小巷子，经常有人和摩托车上上下下。朱旺紧张地只是低声哼哼，并不像以往那样狂叫。"朱二黑"性能相当好，我的速度很慢，不断点着刹车，虽是下坡并且湿滑的地面，但"朱二黑"如行驶在平地一般的平稳和坚定。

终于出了古镇，我和老板娘都松了口气。谢了她，我们告别。

雨比先前更大了些，仰头看天，灰蒙蒙的，燥闷潮湿。还要去玩吗？今天计划去热海公园、北海湿地和火山。

犹豫片刻后，我决定还是冒雨去玩，先去热海公园。

雨越来越大，路上车和行人并不多，我慢慢开着，朱旺慢慢叫着，同时站在座位上欣赏着街景。我有时特别不理解朱旺在车上为什么要叫，什么意思？车一开就叫，开起来后它就睡了，或安静地看风景。但突然地，睡着的它会像做梦一样惊地站起，低吼两句，看看车外，看看我，在车里巡视一圈后又躺下睡了。我有时开着车会奇怪地看它一眼："你有病吧？做噩梦了？梦到你亲妈了？你叫谁呢？你亲爹？……"

当然，无论我说什么，朱旺都很漠然地听着，有时给我面子过来舔我的手臂，像是鼓励我好好开车一样，而后它又窝在座椅上睡了。有时，我特羡慕它，我也特想有个人开车，我坐在旁边，高兴说两句，不高兴就窝在座椅上睡觉。

到热海公园的时候雨渐渐小了，车刚停下，四五个妇人围了过来，手里拿着草编的提兜向我推销。提兜里是生鸡蛋，一兜五个，五元钱。一个妇人告诉我，可以在"热海大滚锅"那里蒸煮鸡蛋吃。

我买了一兜，带了些水和食物，抱着朱旺，编辑证省了60元门票钱。

热海公园里有很多提供泡温泉的地方，有人专门来这里泡温泉，看着那么好的温泉和景色，我也想泡，但我带着朱旺肯定不能泡温泉了。我放下它，我们慢慢沿着景区的路线参观着热海的景点。

热海公园不算大，游人也不是很多，毛毛细雨还在飘着，在热气环绕的热海景区，毛毛细雨恰到好处地起到了凉爽的作用。

热海公园里最热闹的地方就是"热海大滚锅"了，它太有名了，网上电视上、国内国外，提到腾冲都会说到"热海大滚锅"。据说在它四周随便挖一个小坑，把盛米和菜的饭盒埋入坑里，约20分钟后，就可品尝一餐风味独特的"地热快餐"了。还有煮鸡蛋，只要五六分钟便可煮熟，蛋白鲜嫩可口。

我和朱旺沿着热海景区的栈道走着，还未到"热海大滚锅"，远远地就看到巨大的热气在空中盘旋，那里仿佛在煮着什么东西似的。而刚到近前，近视眼镜片上立刻被雾气蒙住了双眼。空气中弥漫着湿热的潮气，那口大锅真的就像开了锅一样"噗噗"地翻滚着热水和热气。

游客们都流连在"热海大滚锅"前拍照留影，我没法给自己拍，只能将朱旺摆拍了。它很乖，随我折腾。

"热海大滚锅"的左边也有一个坑，上面盖着竹子编的盖子，买了生鸡蛋的游人可以将鸡蛋放进去蒸，我也将一兜生鸡蛋放了进去。

蒸蛋的坑不大，一次可蒸十兜左右，大家井然有序，没有人哄抢加塞。

"热海大滚锅"的右手过去，有很多供游人休息的桌椅，我找到一张空的桌子，和朱旺将蒸好的鸡蛋拿到这里。刚蒸好的蛋很烫，很浓的蛋香，真的比在家煮的鸡蛋好吃。我剥了一个，朱旺迫不及待地站起来，前爪搭在我腿上要吃。

蛋有些烫，我边吹着边喂朱旺吃了。难以想象，它将一个鸡蛋都吃了，包括蛋白。

一群游人拿着好几兜蒸好的鸡蛋过来坐在我旁边的空椅子上，其中一个男子说："昨天在和顺古镇好像也是你，背着这条狗。"

"是，"我说，"我昨天是在和顺古镇……"

旅行中的人都很友好，大家只是奇怪我一个女人带着条狗旅行，七嘴八舌地问着各种问题，无非是怎么不找个伴啊，一个人多寂寞……

我承认一个人有时会觉得寂寞，但一个人也有一个人的好处，可以自己决定去哪里干什么。

中午过后，天晴了，太阳出来了。

"热海大滚锅"斜对面有个很大的亭子和回廊，有工作人员一桶桶地从大滚锅中打出水来，拎到这里供游人泡脚，一次 30 元。

我想这些天也走乏了，来腾冲泡不了温泉，泡泡脚总可以吧。

泡脚的人也很多，我占了个位置，怕朱旺跑来跑去，征得服务员同意后，我将它固定在座位上，让它看包。

朱旺估计也累了，还热，旁边泡脚的游人逗它，它不叫也不理，游人和服务生都对它挺好，没有嫌弃它的意思。

五个大人三个孩子，估计是一家人，从肤色和语言看是缅甸人。他们来到亭子里并不泡脚，而是看我们泡脚。那三个孩子总想趁我不注意去抓朱旺和逗它。我怕朱旺生气大叫惊到了孩子，不断地提醒他们。还好，虽然我的语言他们不懂，但我的意思，那几个大人明白了，他们在亭子里休息了一会儿，吃了些自带的食物后，就离开了。

泡脚的时候人很容易犯困的，我眯着眼睛又睁开，睁开眼就提醒朱旺看包。朱旺也听话，一直坐在旁边的竹椅上看包，但看着看着就合上眼了，合上眼后头就垂下去了。

看着朱旺这副可怜的样子，我想，它此趟出行到底是开心还是不开心呢？或许，它更情愿待在家里。想到这里我有些自责，但又马上安慰自己，很多流浪狗跟着主人流浪，一座城市一座城市地走着，食不果腹，居无定所。我至少是开车带着它，走到哪里订的也都是标间。

泡完脚后，真是心舒脚轻。朱旺似乎也来了精神，一刻也不让抱，自己满处跑着。热海公园还在修建中，我想将来有机会一定要来泡泡温泉。

❷ 鄙视"樱花谷"

下午，发生一件让人不爽的事。我一路颠簸赶到了景区"樱花谷"，结果，景区不准朱旺进，于是我也没进去，又一路颠簸地回到了市里。

从热海公园里出来，我原是打算去北海湿地的。但在往北海湿地去的路上，看到了"樱花谷"的标志，离此地 22 公里。

在自驾来云南前，看过一些网友写的游记。说"樱花谷"原始森林怎么漂亮、怎么美，还能住宿。于是我想，我的时间很充裕，干脆去"樱花谷"住一晚，明天再去北海湿地和火山公园。

开始我以为 22 公里最多半个小时，但没想到的是去往"樱花谷"的路上，几乎全是泥土山路，还因刚下过雨，满地淤泥、水坑。

刚驱车拐进前往"樱花谷"的那条小路时，路况还不错，柏油马路，很好走，心里很美，车也不多，边开车边摸着朱旺的脑袋说："带你去原始森林住一晚，体会下大自然的风情……"

朱旺似乎也很美，咧着嘴傻傻地笑着，过来用脑袋碰碰我的身子，又转头看车外的风景。

2013/04/16
14:51:31

去「樱花谷」的路上都是这种泥坑路，20 多公里，一路颠着。（行车记录仪拍）

但我放松的心情在不到一公里后就收紧了。柏油马路就不见了，取代的是窄小而高低不平的黄泥土路面。车子就是从这个时候开始一上一下的颠簸，后面几乎一直是这样的路，直到"樱花谷"景区前。

一路上，我很紧张，不敢有半点松懈。穿过一个村庄，有行人、有狗、有孩子、有路边聊天的村民……他们大概是习惯了道路上每天车来车往的场面，所以当车经过时，他们在路边该聊天的还是聊天，该晒东西的还是晒东西。

过了这个小村庄就是近 17 公里没有人烟的盘山路。

盘山路很窄，很多路段右手边是倾斜下去的草坡，草坡陡峭而尖耸，车一旦溜下去后果不堪设想。又因为下了一夜加一上午的雨，山路上很多地方积淤成了大大小小的黄泥水坑。我在避开迎面而来的车时，常常一不小心"突"地驶入一小段黄泥浆路，立刻前挡风玻璃上满是黄泥水点子往下淌着，我不用看就能想象车轮上有多脏，车身上有多少黄泥水点子。我想明天离开"樱花谷"后得找地方洗车了。

这大概是离开泸沽湖后走的最烂的路了。

有一辆黑色的别克车不知何时跟在了我的身后，它的车速比我快，开始司机不停地按着喇叭嫌我开慢了，希望我让它过去。但是，盘山路真的很窄，路面湿滑还有水坑，右边陡峭的悬崖坡体迫使我也不敢随便让行。还好，别克车也看出来了，没有再按喇叭催我让行。

盘山路颠颠簸簸走了许久，偶尔看到路标显示至"樱花谷"还有 19 公里，不知道是路标不准还是路太难走，开了这么久，才不过走了 3 公里。

终于，在一个稍开阔的平地上，我往右让开道并停下，待黑色别克车过去后我又跟上。但发现，别克超过我后也没能开多快。毕竟是轿车，坑洼不平的山路常常怕托底，而我的车是四驱吉普车，小而轻并且灵活，这种路段反而占尽优势。我并非有意，却在后面死死地咬着别克车，不急不慢不超越它。在这样冷清崎岖的山路上，有别克车相伴并在前面开路，我倒不担心迷路和寂寞。

迎面陆陆续续地有车驶来，有小轿车，但多是那种七座小面包车。有车来时，我紧贴着别克，然后向右靠边，只要对面的车能通过别克车就能通过我的车。偶尔的，也有几辆中型面包车迎面而来，估计是从"樱花谷"载客回来的。这时，别克车就着急了，按着喇叭提醒中型面包车注意别剐了它，双方小心地缓慢通过，个别情况，面包车要停下或退后找个宽大的地方，让我们先通过。

盘山路弯路很多，上上下下，一路开过来很辛苦，和别克车竟然产生了相依的默契，有车从后面来要超过我们时，我按喇叭提醒它。而拐弯时前面如果有车来，很明显别克车也按喇叭提醒我……在离"樱花谷"七八公里左右时，外面的风景好看起来，远处蓝天绿树。终于一阵透亮后开过了一段类似桥样的路面，前面一下子开阔起来，有几辆小车还有中巴停在那里——"樱花谷"到了。看看时间，22 公里，竟然开了一个多小时。

别克车下来的两男三女看到我一个人时，特别惊讶，更吃惊的是我还带着一条狗。

"樱花谷"这样一个原始森林公园不准狗进，这让我没有想到。

我问为什么。

保安说:"这是原始森林公园,不准带狗进。"

原始森林公园不准狗进,多么无聊的逻辑。没有动物还叫原始森林吗?

我说能不能通融一下,一路上过来很多景区都准狗进的,而且我是准备在这里住一晚上的。

保安说这是领导规定的,不准狗进。保安又说你可以把狗关在车里一晚上嘛。

我说:"那它会闷死的。"

保安说:"那就不是我们的责任了。"

这时,别克车的那五个人不服气了,说:"你这是原始森林公园,为什么不能让狗进?你知道这条路有多难开,人家一个人好不容易开进来的,你还不让人进!"

保安还是那句话:"这是领导规定的,不准狗进。"

别克车的朋友说:"为什么不让狗进啊,我就不相信这森林里没有狗。"

"对啊。"我也问,"为什么不让狗进呢?你们领导总有个理由吧,这本来就是山区,跟城市里的公园还是不一样的。"

"我们领导是担心狗会吓着游客。"保安说。

"什么?"我真是无话可说了。如此呆板的规定中国也不止这一处。不让狗进,我也不想进了。

别克车的那五个游客见我要走,忙又跟保安说好话,保安干脆不理我们了。

"鄙视'樱花谷',真是没劲透了。"我抱着朱旺愤然离去。

回去的路上，朱旺大概不理解怎么又往回开，它时不时扭头看我，时不时用脑袋碰碰我的胳膊似乎是在安慰我。

我摸摸它的头，说："世上风景千千万，不差'樱花谷'一个，不让我们进去是它的遗憾，我们不遗憾。我还有机会来看它，但它却永远没机会看到你。……这就是没缘分。我们不遗憾。你放心，朱旺，我永远都不会再来'樱花谷'，它美不美我们不知道，我们只知道它的小气和不开明，难怪游客那么少。路途艰难不说，还不通情理。我们鄙视它！"

我预订腾冲的酒店有些偏，是一家新酒店。

停好车，办好入住手续。看车头、车身都是黄泥点，还有四个轮胎及挡泥板上全是黄泥，心里更加怨恨"樱花谷"。

向前台借了水桶，接了些水，简单冲洗了车身和车胎。挑出车胎中的石子。有些饿了，我决定带朱旺出去吃饭。

酒店对面有不少小饭馆，我带朱旺随便进了一家，点了份"大救驾"。

关于腾冲大救驾的来历不用我说了，我到了腾冲，别的不尝尝，但大救驾一定要吃一次。

朱旺也是饿了，蹲在旁边给什么吃什么。面片，吃；鸡蛋，吃；蔬菜，吃……如果永远这样倒是真好养。

"吃了大救驾，晚上也要吃狗粮啊。"我叮嘱朱旺。

酒店因为是新开的，wifi还没有装好，再说这几天也累了，我决定今晚早点休息。回房间前，我叮嘱前台一定看好我的车。

我的房间在酒店四层，从窗子可以很清楚地看到"朱二黑"孤零零地停放在路边，对面是一个什么研究所，左边是洗脚美容美发店，右边过去是一些还未开发的平房，地段的确偏了点。

关上窗，我问朱旺："我是不是太小心了点，'朱二黑'不能受伤，我们还有很长的路要走。"

朱旺不明白我的话，摇摆着头看着我。

我亲亲它："幸亏带着你一起旅行，我知道房外有一点点动静你都会大叫，有你我很安全。"

我往朱旺的饭盆里倒了些狗粮，便上床了。

十五

第 14 天 209 公里

去瑞丽

一个人的旅行是孤寂而落寞的。一个人的旅行是观察和思考的。

❶ 北海湿地的"地震项目"

2013 年 4 月 17 日。是晴朗的一天。

离开酒店时早晨 8 点，看到路边有卖早点的，停车和朱旺过去。

很后悔没有点大众都知道的豆浆、油条，点了碗当地的稀豆饵丝。稀稀的，真是吃不习惯。五元钱一碗，吃了两口就放下了。回到车前，吃了些巧克力、牛肉干。天气太热，巧克力有些化了，得赶紧吃完它。

开车和朱旺直接奔北海湿地，人很少，车很顺，很快就到了。

北海湿地停车场不大，但很规范。有大车中巴车停车位，也有小车停车位，一边进一边出。因我来得早，停车场就我一辆车。有骑摩托车的过来拉客，说 60 元就可以带我进到湿地，并且可以坐船，可以穿雨鞋亲自踩湿地、吃湖里的鱼、摘花拍照……

远处还有几个骑摩托车的人在看着我们，我知道这一定是当地的居民，很熟悉路况和周边环境，想拉些客赚点外快。

只是我一个女人带条狗去踩什么湿地、吃什么鱼？老老实实看看湿地就很满足了。

编辑证真没白带，又省了 100 元门票钱。

北海湿地不大，在湿地上建有一条宽大的铁架竹条路，逛湿地就是沿着这条路走一圈。这一圈约二三里，中间有休息的亭子。路的两头各有一个码头，游人可以在任意码头坐船游湿地。就这么点可看的地方，门票要 100 元，坐船 30 元，行驶约十分钟。这样一看，很不划算。

北海湿地人不多，零零散散的。和朱旺走走玩玩，很快就到了码头。买了张船票，一艘船可坐八人。我以为划船的小伙子会等人稍多些再走，但没想到，我和朱旺刚上船，他就高喊一声"起了"，船就驶离码头。

天气晴朗，空气清新，这样的早晨坐着船看风景真是惬意。划船小伙子问我从哪里来。我如实告诉他。原以为他会惊讶我一个女人带条狗从北京自驾来到这里，结果他听了只是淡淡地"噢"了一声，说："趁年轻，真的应该出去走走……"

"你呢？"我问。

他告诉我，他的家就在这里，他在这里生长，他喜欢这个地方……接着，他高声地说："我想去北京，有机会我要带着老婆孩子去北京看看……"

我眯着眼睛看他，阳光下，他的眼神单纯而质朴，他见我拍他，立刻露出了笑容，然后停下桨，说："来，我给你拍。"

"好呀！"我求之不得。

迎面也有船过来，船上有三个游客。其中有个游客冲我大声喊着："你好幸福，一个人一条船。"

"你也好幸福，有人陪你坐船——"我很得意自己的反应迅捷。

朱旺不是第一次坐船（泸沽湖就坐过一次），它很好奇地走来走去，总想跳上船头，我怕它掉下去，阻止了它。

船在水面上慢慢行驶，水面很清，但因水里有很多水草而看不清水底。

船板上贴有"08"的字样，看来这是8号船。

"你的船是8号，你会交好运气的。"我冲划船的小伙子说。

"是你会交好运的，你坐上了8号船。"划船小伙子说完我笑了。多会说话的小伙子，一定特别招同事朋友喜欢。

突然，小伙子慢了下来："地震了……"他说。

"哪里哪里？"我像个傻子一样左顾右看。

"你看水里好多的气泡。"划船小伙子说。

水里突然冒出了好多气泡，划船的小伙子说地震了。

　　还真是，一串串一条条密密集集的气泡从水底涌到水面，不间断地，气泡到了水面就停住了，接着再从水底涌出。

　　"这就是地震了。"划船小伙子看来很有经验。

　　"快跑吧——"划船小伙子说着笑了起来，"跑到安全的地方去。"

　　划船小伙子轻描淡写的样子，依旧不紧不慢地划船，让我以为他说"地震了"只是划船中的一样项目。这时，离岸边也近了，是不是告诉我该上岸了？

　　"这么好的天气也不太像是地震了。"我说，"你吓唬不了我。"

　　"真是地震了，我们这里经常这样，水里一有气泡，不远处一定地震了。"

　　"有气泡也可能是水里有鱼了。"

　　"鱼的气泡比这大，但没这密集。"小伙子说着船已到岸。

我和朱旺刚上船，岸上的工作人员也冲着我说："快离开这里吧，地震了！"

"你们就吓唬我吧，一点意思也没有。"我说。

工作人员笑了："真没吓唬你。真是地震了。"

"哪里？"我问他。

"哪里？"他摸摸头，"水里啰。"

他说着我们都笑了。

看见他笑，我更确定这是他们游船中的一个项目，大概是到岸边前都会告诉游客地震了，想看到游客们惊慌的样子，但估计我让他们失望了。

直到晚上，接到好友的电话才知道 4 月 17 日上午 9 点 45 分大理洱源县、漾濞彝族自治县交界发生了 5.0 级地震。正是我坐船的时候。

回到北海湿地停车场，朱旺喝了不少水，它今天的兴致很高。此时不到 10 点，下面该去火山公园了，但感觉天气一下子好热，我对火山已没有那么大的兴致了，可到了腾冲不去看看火山公园？我犹豫着。

一个 50 多岁的男子手里拿着自己编的花冠向我推销，五元一顶。刚摘的花编的花冠看上去有些意思。

"三块。"我还价，"戴不了一上午花就蔫了。"

"四块。"男子说。

"成交。"我说，"喜欢你做生意的方式。"

我递给男子五元钱，他说没有零钱，又说就五块钱吧。

我说这样就让人很不开心了，刚还说喜欢你做生意的方式。

男子便找了我一元钱。

将花冠戴在朱旺的脖子上，我决定去瑞丽，这就是有车的好处。

用手机 GPS 定位了瑞丽的大概位置，打电话给某龙旅行网，取消了腾冲当天的房间，将瑞丽订的如家快捷酒店提前了一天入住。干完这一切后，吹着口哨和朱旺就出发了。

去瑞丽！

❷ 无信用的瑞丽如家快捷酒店

腾冲至瑞丽的行车路线我从北京出发前就下载到 iPad 里了，这个时候再看，其实在北京我还是做了不少功课的。所有计划中要去的地方，哪里至哪里我都事先下载了最新的行车路线图，并且查看了可以预订的酒店、客栈，打电话确认三点：能否带一条八斤重的小泰迪熊狗入住；是否有停车的地方；是否有 wifi。然后在到达预订酒店的前一天，我会再次打电话确认这三点。

瑞丽也是如此。

瑞丽如家快捷酒店是 4 月 2 日在北京时预订的。预订前打电话给这家酒店询问这三点，得到的答复是：一、只要不影响到其他客人就可以带狗入住。二、酒店有自己的停车场，可以放心停车。三、酒店房间里是有线宽带，大厅里有 wifi。确认这三点后，我就预订了 4 月 18 日、19 日两个晚上。4 月 17 日在腾冲临时决定提前去瑞丽便请某龙旅行网的客服帮忙将预订日期改为 17 日。

根据下载的地图腾冲至瑞丽的路程约194公里，预计五个小时能够到达。

腾冲开往瑞丽走的是省道，多为盘山公路，但道路平整，小心行驶都没有问题。

省道不收费，但没有像高速那样提供休息的服务区。你得自己找地方停车休息：加油站、路边稍宽敞的地方或大车加水的地方。沿途多数加油站并不提供卫生间，有些加水的地方可以上卫生间，收费一元。

在省道上开车会经过大大小小的村寨，小的村寨不用担心迷路或开到其他道路上，它就一条主干道，不过二三百米，很快就穿过去了。大些的村寨除了主干道，会有好些分道，有些道路上也没有路标，特别是该拐弯的路段，这时手机导航就起到了作用，告诉你向哪条道上拐弯。

到达瑞丽市时是下午4点。天热得人喘不过气来，街上的行人大多是短裤、T恤或连衣裙，戴着宽边的遮阳帽。

瑞丽市不大，但人员密集，车辆川流不息，并且多数摩托车、行人没有规矩地横冲直撞。在一个红绿灯的十字路口，一辆汽车大概是走错路了，竟然在行驶道上倒车调头，全然不顾交通规则。

酒店的地方不太好找，我急了一身汗。打电话询问了酒店又问了两个路人后，终于在一个路口找到了如家快捷酒店。真是如释重负，将车停在酒店门口，下了车，也没抱朱旺就进去了。酒店里开有空调，人舒服了一些。前台有两个服务生，一个高个男服务生和一个女服务生。

"可算找到这里了，真热。"我讨好地问他俩，"你们停车场在哪里？"

男服务生看了我一眼，没有说话，女服务生头都没抬。酒店里没有其他客人。

"嗯。"我想了想又说，"刚才是我打的问路电话，我预订了你们酒店。"

男服务生又看了我一眼，还是没说话，一点表情也没有。女服务生仍没抬头，但好歹问了一句："你叫什么？哪天订的。"

我把手机拿出来："4月2日就订了，原本是18日入住，今早改为今天入住。确认过了。"

我把手机上的某龙旅行网的确认短信给女服务生看。女服务生摆摆手，表示不看："身份证！登记！"

"我想先把车停下。告诉我哪里能停车？"我问。

"你不是停下了吗？"男服务员有些不耐烦了，"你想停哪里停哪里，我们管不着。"

"不是，"我说，"酒店不是有停车场吗？告诉我停车场怎么进去就行。"

"没有停车场。"男服务生说，"都是停路边。"

"不会吧，我预订酒店前可是再三确认，有停车场我才预订的。"我说完，男服务生犹豫了一下说："停车场在装修呢。现在停不了车。"

女服务生说："你先办登记手续吧。你住吗？"

"可今天早晨确认酒店时还说有停车的地方，怎么我来了就没有了呢？"我不甘心地说，"我可是开了一天的车，我4月2日就订了房间，当时就问了是不是有停车场……我可是从北京一点点开过来的……"

"从北京开过来？"男服务生表情怪怪的，然后说，"对面酒店有个地下停车场，可以停车，一晚上十元钱。"

"谁付这十元钱？"我问。

"当然你自己付了。"男服务生说。

"你们真没信用。"我有些生气了，开了六个小时的车，到了酒店与承诺的不一样，"你们自己承诺有停车的地方我才预订的。没有停车场你就早说嘛，我就不订你们家了！"

"当然有停车的地方啊，路边都是。"女服务生一点也不客气地说，"你要住就住，不住拉倒！"

我转身离开前台时，隐约听着身后的男服务生小声地嘀咕："从北京开车到这里，真是个神经病！"

我站住回过头来，男服务生立刻低下头，女服务生看了我一眼也低下头。

回到车前，打电话给某龙旅行网，说早晨确定的如家快捷酒店到了下午就说没有停车的地方了，问怎么回事。结果这个接线的客服很不耐烦，回复说早晨是这么确认的，但他们也不可能一家家酒店去核查，所有酒店的服务项目都是酒店自己说的。

我说我没有怪你们的意思，我只是反映此情况，我现在上不了网，你能帮我看看附近有无可停车的酒店，并说了我的三点订房要求。但还没等我话说完，这位客服就说，没有房间了，附近酒店都住满了，要不你自己找找。

真是让人很不爽的瑞丽，一来就不顺。

我在如家快捷酒店门前站了许久，人生路不熟，开车找酒店有些麻烦。要不先住下，然后再去找能停车的酒店。

这次我是抱着朱旺进酒店的，我故意将朱旺放在了桌子上。男服务生和女服务生看看我，又看看朱旺，我们都没有任何表情。

"我就住一晚，明天我就不住这里了。"我说着拿出身份证登记。

"你是旅行是吧？"男服务生大概想缓和下气氛，"还带条狗，真是……怪哈。"

"怎么怪了？"我问。

"我们这里像你这样的女人……也不常见……"男服务生说。

"你什么意思？"我问。

"旅行哪有不找伴的，一个人还是个女人，当然怪了。"男服务生说。

"一个女人开车旅行可不是什么'怪女人'，一个人从北京开车到这里需要的是一种精神，需要的是坚强和毅力，不是什么人都可以的。"我说，"你觉得我怪，只能说明你少见多怪，见识短浅。"

我办完了登记手续，将车开进了对面酒店的地下停车场。只是，背着简单行李从停车场里出来时，发现走起来还是有些累，虽然距离不到百米。

❸ 不安全的瑞丽

一座城市的窗口是哪里？

有人说这座城市的"外貌、人文、环境"就是这座城市的窗口。

当然，这算一部分。

另一部分呢？

我认为，最能体现一座城市窗口的是酒店。

旅途中的人，奔波了一天，来到一座城市最先见到的是酒店。酒店里的环境对于旅途中的人来说就是这座城市的窗口，而酒店里服务生的态度决定着一座城市的态度、决定着这座城市的包容性和这座城市的文化。瑞丽，一座边境口岸城市。她是美丽的、繁华的、独特的。同时，她也是狭隘的、刻薄的、闭塞的。

背着行李进入到酒店房间，躺在床上后我就不想动了。朱旺也累了，喝了些水后，就趴在卫生间的地砖上歇息。但即使再累再热，它都不忘监视着我的一举一动，哪怕只是在床上翻个身它都会立刻跑到近前看我要干什么，是否要出门。那一定要把它带上，不能把它独自扔在陌生地方。

躺了一会儿后，稍微恢复了些体力。一个人在外就是辛苦，没有人能帮忙调节和减压，一切都靠自己。起床，冲澡，换上 T 恤短裤。下午 5 点半，我决定和朱旺出去找点吃的。

"觉觉味道"餐厅和"步步冷饮店"是前台服务生推荐的，说很多游客都喜欢。

一出酒店立刻感受到一股强劲的热气，太阳还是那么浓烈，天气还是那样热。酒店对面过去不到 20 米，有一家土锅过桥米线，两三个客人坐在里面。我不想走了，也是饿了，便问服务员能不能带狗进去。服务员没有说话，只是愣愣地看着我。旁边一位客人告诉我服务员是缅甸来的，不会说普通话。这时，一个 40 多岁黑脸、瘦瘦的男子从里面出来，听明白我的意思后挥挥手指指角落，说看好狗就行。

土锅过桥米线 15 元一罐，这是我在瑞丽吃的第一顿饭，味道真不错，一大罐鸡汤，好多的鸡肉，我吃得热汗淋漓。朱旺蹲在一边，我用餐巾纸托着米线和肉给它，它吃了不少。一大罐土锅过桥米线，我俩连汤带肉带米线吃得干干净净。

吃完土锅过桥米线后，太阳弱了不少，阳光将路边的芭蕉树拉出长长的影子。我觉得自己吃得太饱，不知道朱旺是否吃饱了。我们稍坐了一会儿，待汗褪去，才起身往前慢慢走着消消食，并顺便找能停车的酒店。

路边有不少的酒店，看到合适的我便抱着朱旺进去问问价格、问问有无停车的地方。有一家酒店有很大的停车场，房间也不错，100元一个标间，但看了房间回到大堂时，大堂里来了五个男子，正往大堂前的桌子上摆着啤酒和餐盒装着的饭菜，看样子是打算在大堂里吃饭。其中两个男子脱去上衣，胳膊上、背部都有很大的文身。其实有文身也没什么，但只是他们的行为和举止不像是房客，他们让我立刻想到了电影里那些酒店里养着的"黑社会"成员。一下子，诸多打打杀杀的电影镜头在脑海里闪现，不安全因素让我很客气地谢过带我看房间的女老板，离开了酒店。

很快，又找到一家政府开的宾馆，有个可停七八辆车的院子，有单人间，一晚上90元。我觉得不错，我打算明天早晨搬过来。

房间找好了，便和朱旺慢慢地逛起街来。有家大酒店里的小花园不错，紧挨着路边，有花径有休息的小亭子。见没什么人，我便和朱旺走了进，放朱旺在花园里小跑了一会儿，我也在花园里的小亭子里坐下，看看街景和行人。突然，一个黑黑的皮肤、深陷的眼睛、穿着短袖格子上衣的年轻男子来到我跟前，他叽叽咕咕地说着什么，我根本听不懂。我要离开，他却拦住我，从裤兜里掏出一个红绸布包着的东西，要给我看。说实话，我已经很紧张了，这个时候，酒店小花园的亭子里没有其他人，我叫回朱旺，抱起它让我安全些。

男子打开红绸布，里面是一个玉手镯，我立刻明白他想把这个手镯卖给我。他一定是缅甸人，我知道缅甸产玉，但我来瑞丽没有任何购买玉器的打算，更别说是在路边大街上买玉镯了。

我听不懂男子的话，我打手势表示我不买，我要走，但男子还拦着我。周围没有旁人，我正想怎么让这个男子不纠缠我时，朱旺突然对他汪汪汪地狂叫起来，声音很大，有行人往这边看，酒店里的一个保安往这边走来。估计是朱旺的叫声吓着了男子，看见有保安过来，他忙收起红绸布闪身往路边快步走去。

我抱着朱旺松了口气，保安告诉我，这里很多卖玉的都是缅甸人，玉都是假的，并且他们说是卖玉器，实际是抢劫。

我听了好吃惊："抢劫？大白天吗？"

"是的。"保安说，"不过，白天好些，特别是晚上，不要一个人出来。"

"缅甸人到这里来抢劫？"我问。

"不一定都是缅甸人，总之自己小心些。"保安说。

带着朱旺继续沿街逛着，这个时候行人似乎比白天多了一些，我看着满大街的人和车，实在不相信大白天会有人抢劫。

"觉觉味道"餐厅门口摆着各种准备烧烤的食物，大体上和内地的差不多，什么肉串、鱿鱼串、鱼啊等等。我因刚吃过米线，于是点了一杯猕猴桃鲜榨果汁和布丁，一共13元。朱旺看见我坐下很高兴，一路上它已知道在餐厅里能够吃上肉，所以对于我坐下准备吃东西它都很配合。

一条流浪狗本来是在另一张桌子旁等着食客给它点吃的，看到朱旺便小心地靠近。有其他食客看到朱旺，要和它合影，拿手机拍朱旺。我也不介意，朱旺出门这么些天了，也见了些世面，对他人的拍照合影既不像一开始那样反感，也没表示出多大的兴趣。只是它的毛长了，看上去很疲倦。我摸摸它，它知道我这是心疼它，立刻将身子偎到我的身边。

"觉觉味道"餐厅的布丁还行，但鲜榨果汁比"步步冷饮店"差多了。

离开"觉觉味道"我又找到了"步步冷饮店"。

"步步冷饮店"比"觉觉味道"小，但人很多。有时令的各种鲜榨果汁，每杯六元，我觉得很值。

在"步步冷饮店"喝了一杯鲜榨芒果汁后，我向路人打听到附近有一家宠物店，出门十多天了，朱旺该洗澡了。

宠物店是一对夫妻开的，整洁、干净。朱旺洗澡的时候，我向老板打听瑞丽治安的问题。老板说基本还好，就是两个月前有一帮缅甸人跑过来抢劫，警察抓了不少，大多数是吸毒和赌博的人员……

我本来想问中国警察不管吗，为什么让他们随便过来抢劫？但又一想，安全还是要靠自己，不能完全靠警察，警察不会不管，但估计更多的时候是力不从心。

回到酒店时7点多了，下午碰到的那位男服务生一个人在前台守着。见我进来，突然微笑地说："你回来了。"我一愣，他突然转变的态度让我有些不习惯。

"噢，你好。"我说。

"你的车后来停哪里了？"他问。

"停对面酒店的地下车库了。"我老实地说。

"你明天可以停在隔壁中欧酒店的停车场里，我们跟他们有协议，每天可以帮我们停十几辆车。"男服务生说。

我一听又有些生气了："那你下午怎么不说呢？冤枉我停那么远。"

"下午啊那里面也停满了。你明天停过去就行了。"男服务生说。

"我明天不住你这里了。"我说。

男服务生笑了："其实酒店都一样，搬来搬去的多辛苦啊。"

我看着男服务生，有些犹豫，的确我不想搬来搬去："中欧停车场真能让我停车吗？"

"你放心，你什么时候停过去都行。"男服务生说。

"我现在停过去呢？"我故意问。

"现在？"男服务生想了想说，"最好明天中午以后，很多车位都空出来了。"

第二天我才知道男服务生在撒谎，只为了让我不换酒店而欺骗我说旁边的中欧酒店与如家快捷酒店有停车协议，可以免费停车。而其实中欧酒店停车场只供本店客人免费停车。

回到房间冲了澡后，决定去车里取点饮料时，才感觉车停在对面酒店地下车库的不方便。

再带着朱旺出如家快捷酒店时，发现天已黑了，不多的街灯照着来来往往的行人。酒店外两边的台阶上坐着四五个人，男男女女的，都很年轻，黑黑的皮肤，不像是普通打工族，也不像是中国人。台阶下就是马路边，左右还各有三四个年轻男女，或走来走去或坐在门口停靠的摩托车上。他们应该是缅甸人，他们的目光盯着来往的行人和从酒店里出来的客人。他们看上去是那样的不怀好意，我抱着朱旺，在门口犹豫了片刻，现在不过晚上9点，怎么我就感觉那么的不安全呢？

我硬着头皮从他们中间穿越，我都能感觉到他们看我的目光，我走得很快，在他们目测我打量我、在彼此都没反应过来的情况下，我抱着朱旺穿过马路，再走50米，来到对面的酒店。通过一条20多米的无人通道，最危险的是这里，如果被两个人拦住，在这里呼天天不应，没人敢跑来帮你，什么事情都是一瞬间。我抱朱旺的手下意识地紧了一些，这个时候不禁感叹，幸亏有个小小的朱旺，别看它那么一个小东西，别看它不到八斤，可它那一声吼，短时间还是有些威慑力的。

在所有人都没反应过来的情况下，我已来到对面酒店的地下车库。地下车库的管理员问我怎么出这么多的汗。我说你这里热啊。

从车里拿了水，放进双肩包里背上，又抱起朱旺来到地下车库管理员跟前问街上为什么那么多闲人蹲着站着，都是些什么人。

管理员说："多是缅甸人，你自己小心些，他们是一伙一伙的。"

我问："是要抢劫吗？没人管吗？你们自己不怕吗？"

管理员笑了说："我们都是本地人。他们不敢的。"言下之意是打劫外地人啰。

管理员见我怕怕的样子，又安慰我说："没事，你把包背紧了，他们也不敢太嚣张的。"

我点头，深吸口气，抱着朱旺，又快步出了地下停车场，快速过马路，快速穿过他们，快速进了如家快捷酒店。终于喘了口气，但正准备上楼时，前台女服务员拦住了我。

前台女服务员已换了一个，我没见过，微胖，板着脸问我："你去哪里？这里不准狗进。出去！"

"什么？"我一愣，"我住这里，怎么不准狗进？"

"住这里，房间号多少？"女服务员问。

我说了房间号和名字，并给她看房卡，女服务员在电脑上查了查，马上说："那也不准狗进。"

我说我预订房间的时候可是问了能带狗入住我才订的，我来登记房间时可是带着狗登记的，如果不准狗进，我预订房间时就应该告诉我，并且我登记时就不应该给我登记。女服务员又问谁给我登记的，然后她打了个电话。放下电话后，女服务员依旧没有好脸色，说既然登记了就算了，只是看好你的狗。

到此刻为止，我对瑞丽的印象坏透了，酒店服务差，不安全，挑剔，闭塞，刻薄。并非全是因为对我的狗不好，而更多的是这座城市没有包容性！没有安全感！

这天是 4 月 17 日，从北京出发的第 14 天。我带着朱旺、开着"朱二黑"，我们经过了西昌、泸沽湖、丽江、束河、大理、腾冲后到达瑞丽，很疲惫很多感伤，但从没有像在瑞丽这样感受到伤害和惊吓。在这里，在瑞丽，强烈的不公让我领悟到这座城市的刻薄和闭塞。旅途中我已很疲惫，我有些退缩了，是否还要前进，还要去完成我的旅途，我的云南之行。

我就是从这个晚上开始写游记的。我需要和网友互动，我需要一种动力来鼓励我走下去，我需要一种支持来坚定我的信念，让我能完成我的云南之旅。

　　夜里，躺在床上，不断地能听到走廊上游客走动和吵闹的声音。

　　游客每一个动静都会引起朱旺的低吼和警告声。

　　朱旺每一次发声我都会让它闭嘴。

　　我想明天就离开瑞丽好了。

　　离开这个不安全的地方。

十六

第 15 天

游玩瑞丽

一个人很容易犯懒。

一个人会懒得做饭，甚至懒得吃饭。

一个人特别容易对付，得过且过。尤其是在旅途中。

❶ 莫里热带雨林里的"大熊"

2013 年 4 月 18 日，我在瑞丽。

早晨，地面微湿，有些许落叶粘连着地面，看来不久前曾下过雨。阳光透过树荫洒向大地，清新、湿润，身体的每个细胞都在无限地伸展，迎接这美丽的早晨。

睡了一觉，体力恢复了许多。带着朱旺出去上厕所，一出酒店就碰到一个满脸笑容的男子："是你们叫的车吗？"

一愣的工夫才发现跟在我身后出来的还有两男一女。

"是，你等会儿，我们还有个人没下来。"身后一瘦高个男子说。

"你们这是要去哪里？"我问瘦高个男子。

"好多地方。"瘦高个男子想了想说，"嗯……姐告啊，国门啊，一国两寨……你问问他，我们包了他的车。"瘦高个男子指着门口接他们的男子说。

"噢。"我看着门口那男子，他现在大概也明白我和瘦高个男子不是一起的，但他依旧满脸笑容。

他的笑容让我一下子又对瑞丽有了好感。

"你要去哪里？"男子问。

"嗯……"我在想是不是要离开瑞丽，这家酒店的服务如此得差。

"你们几个人？如果人多我可以帮你们再叫辆车。"男子依旧很热情。

"嗯——我一个人，"我指了指脚边的朱旺，"还有它。"

"一个人，那就少收你点，和他们一起吧。"男子说，"我这辆面包车可坐七个人，他们四个，加你五个。"

"多少钱？"我问。

男子正想着收我多少钱合适时，瘦高个男子和他的朋友都到了，"你一个人？从哪里来？"瘦高个男子问。

"北京。"我说。

"我们也是从北京来的。"瘦高个男子跟他的朋友说，"嘀嘀，她胆子真大。一个人到瑞丽。"瘦高个男子二十七八岁的样子，他看了看我和朱旺说："要是路线一样，和我们一起吧，我们四个人包的车，你不用付车钱了。"

瘦高个男子刚说完，我还没回话，就发现站在他身边的女子轻轻地拉了他一下，似乎是在反对他的提议。我知道出门在外考虑自己的安全和舒适问题是很正常的，不考虑才不正常。

"谢谢你们。"我说，"我可能要晚一些。"我牵着朱旺跟他们告别了。

一个人的计划也是说变就变的，这也说明想立刻离开瑞丽的心没有那么坚决，毕竟千辛万苦从北京开车来到瑞丽。并且，在清晨，看到晴朗的天气和满脸微笑的人也让人的警惕性下降了一大半，又觉得世间很美好，天那么蓝，人们都很友善。

一队穿着武警军服的战士精神抖擞地列队经过，在微湿的地面留下了清晨的呼吸。既然来了，为什么不玩玩呢？

虽然酒店里的服务员态度不好，可是大多数人还是好的。不是一直有人提醒我这里不安全，让我一个女人注意点吗？

决定在瑞丽玩一天，决定到近处的景点看看。

做出这个决定后，立刻想到的第一件事就是停车的问题，其次是否搬离如家快捷酒店。

借着遛朱旺顺便考察了一下如家快捷酒店旁的中欧酒店停车

场，还真是大噢，足够停 40 多辆车。但现在只停了十来辆，与如家快捷酒店只有 20 米的距离，很近、很方便。我决定不搬家了，再住如家快捷酒店一晚，只要车安好，酒店服务态度差点就差点吧。

所有的决定都在一瞬间，人的思维转换是很快速的。遛着朱旺的工夫决定了很多事情。决定在瑞丽玩一天，决定先去莫里热带雨林，再去一国二寨……最后去姐告国门，反正瑞丽也不大，一天时间边走边玩。

早餐，还是和朱旺去了那家土锅过桥米线。早晨人多，我从店里端着一碗米线想换到外面的桌子去时，朱旺却突然趴在餐厅门口不走了，死活也拖不动。我不理解，强行将它拖出餐厅时，外面也没位置了。于是，绕一圈又回到餐厅里。

朱旺大概见我又回到餐厅，所以又很顺从地跟着我，飞快地跑到一张空桌子前蹲着。这条臭狗，原来它见我出餐厅以为我不吃了，而它想在这里吃，所以趴在地上不走了。

"一口都不给你吃，馋死你。"我虽这么说着，但还是第一时间挑出碗里的肉放凉准备给朱旺吃。

莫里热带雨林风景区离我住的酒店 20 多公里的距离。

朱旺现在已经知道我们是出来玩了，它已经能从我搬行李来判断我是要换新地方，还是去景点游玩。

莫里热带雨林不大，门票 50 元，编辑证在这里不管用了。

停车场里有两只尾巴灰灰的、略脏的孔雀，几个游人围着它们拍照，一条大型黑狗也缓步在人群中。

我本来也想过去看看孔雀，但看到有大狗，又怕朱旺没见过孔雀乱跑乱叫惊着了旁边的人和孔雀，便抱着朱旺向景区走去，但没想到，那条大黑狗立刻嗅到了我们，跟了上来。

大黑狗真的很大，嘴巴宽宽的，一张烈犬的脸。我不了解这条大黑狗，我也怕它攻击我们，我又把朱旺抱回车里。犹豫怎么办时，一辆中巴车进入停车场，挨着我的车停下，车上下来20多个游客。

一个游客看到朱旺要逗它，朱旺很不客气地大声叫着，我忙制止，因为那条大黑狗正蹲在车前看着我和朱旺。我有些受惊，我看不到大黑狗的表情。

"大熊，来接我啊。"一个30多岁的女子从中巴车上下来，亲热地招呼那条大黑狗。大黑狗顺从地过去，冲女子摇头晃尾。

女子是位导游，她说大熊一直养在园区里，从不伤人，很温顺，让我放心游玩。

我稍安心些，决定跟着这个旅游团的游客一起走。

莫里热带雨林里很阴凉，空气清新，景区里修缮得很规矩，河流路径分得很细，河水很清，大熊一直跟着我们，偶尔会停下来到溪边喝水。朱旺也到小溪边喝水。但我还是不敢让朱旺和大熊在一起。

女导游说，大熊是条母狗，她带旅游团三年了，经常来莫里热带雨林，每次来都会看到大熊，大熊总是在门口停车场处待着，像今天大熊跟着她进园区里却是头一次。

莫里热带雨林。

我说估计是我的狗来了，它跟着监视要尽地主之谊。

女导游说肯定是这样的了。

大熊一直跟着我们到达景区的最深处——瀑布。

瀑布前，女导游想抱着朱旺合影，我便把朱旺递给了她。但女导游刚和朱旺合影完，又有游客要合影，我只能接过朱旺又递给其他人。朱旺今天很配合。

大熊不知何时走了，游客也各自散去，我告别女导游，决定自己带狗往回走。停车处又看到大熊，但它只是远远地看着我们，没有再过来。

❷ 朱旺和"朱二黑"在瑞丽国门前郑重合影

"一国两寨"离莫里热带雨林三十五六公里。

车一开出莫里热带雨林，立刻感觉到难耐的热气。这个时候正是中午，太阳从前窗直射进驾驶室内。将空调打开，车里有了些凉气。朱旺晒得从副驾驶跑到了后座上，但又贪恋副驾驶座前的凉气，便趴在了后座进入前座的中间处，在这里，既晒不到太阳，却又能感受到前方空调的凉气。这小臭狗，它倒是知冷知热，知道怎样舒服。

"小东西！"我摸着它的头，毛茸茸的小家伙享受着我的抚摸，将头半靠着我的右腿，身子在中间，腿却扔在了后座那边。

打开了 CD，依旧是侃侃的歌。

摇摇晃晃走在大街上，眼前的世界它怎么变了模样，也想穿上一件整齐的衣裳，也想和他们一样匆匆忙忙……年龄大了就应该懂得去生活，不要整天觉得无事可做。快乐说多它也不算多，闭上眼睛它就无可捉摸，明天会怎样，我不愿多想，只要你永远在我身旁……

"只要你永远在我身旁……"我说着又摸了摸朱旺，它很明白地将头在我胳膊上蹭了一下。前面路标显示不远处就是国门。我突然有些饿了，12 点多了，难怪……

这个时候，太阳更烈了，似火。

国门前方车不算多，大家有序地一辆辆跟着，路面很宽，到处就是卖珠宝、翡翠、玉石的商店。马路边有汉字的广告牌，也有缅甸语的广告牌，还停有缅甸车牌的轿车。我对买玉石首饰没多大兴趣，一家也没去，径直将车开到了国门前。

将车停在国门前升旗的地方。这个地方好，空旷，正对着国门。

下车，拍照，自拍，给"朱二黑"拍，给朱旺拍。突然灵机闪现，将朱旺从车里抱出放在了车前发动机盖上，因怕朱旺烫着了，将座垫放在了朱旺的屁股下。朱旺很配合地蹲在发动机盖上，紧张而小心地看着我。

于是，在瑞丽国门前，朱旺和"朱二黑"有了第一张正式而完整的合影。

前方那个入口进去就到了瑞丽国门。

十多辆三轮人力车停在路边拉客，也有三轮人力车拉着客驶过我的车前，有人看我，我也看过往的行人。有两男一女很明显是冲着我来的，并非是不怀好意，或许是想推销东西，但我根本不给他们任何接近我的机会，在他们快要靠近我时，我抱着朱旺上了车，并锁上了车门。他们在我的车前站了一小会儿，便离开了。

真的是饿了，还热，人犯困。将车开到了步步冷饮店前，在门口交了四元停车费，虽然有些冤，但那收停车费的人说得很让人动情："不容易啊，这大热天，你看你从北京开过来，四元钱停车费，就当支援瑞丽了……"所以我的停车费给得很痛快。

我像这辈子没喝过鲜榨果汁一样，一口气要了六杯鲜榨果汁，其中芒果的要了两杯，菠萝、猕猴桃、木瓜、火龙果各打包一杯，最终发现还是芒果的好喝。另点了一份炒饵块，巨难吃。

虽然没吃饱，但喝足了也算是心满意足。带着朱旺开车回酒店，径直将车开到了中欧酒店的停车场。中欧酒店偌大的停车场里只停有四五辆车，赶紧找了个避荫处将车停好，但当我拿着果汁、行李抱着朱旺准备离开时，保安拦住了我。

"您是住中欧酒店吗？"保安问得很客气。我的脑袋飞速转着，想说"不是"，又觉得不妥；可说"是"毕竟不是住这里。

"嗯，我不住这儿。我住对面的如家快捷酒店。"我老实而又客气地问保安，"我应该可以停这里吧？"

"对不起，不行。"保安说，"你的车不能停这里。"

"嗯？"我的眉头顿时皱了起来，"你不要骗我噢，我是认真的。如家快捷酒店跟你们有协议的。"

"什么协议？"保安不明白地看着我。

"你们这里每天可以帮他们酒店停几辆车的。"我说得理直气壮，因为如家快捷酒店里的那位男服务生就是这么跟我承诺的。

一下子围过来好几个保安，有人看我，有人逗着我怀里的小狗，当然朱旺是一点也不客气地大声冲他们叫着。这时，他们中有个穿便装的、像是保安负责人听了我的话后，笑了："您肯定弄错了，我们不可能跟他们签这种协议，我们两家是竞争对手，我们之间还有纠纷没处理呢！"

"纠纷？什么纠纷？"我问。

保安负责人没正面回答，他说："您要停这里的话，交十元钱停车费。"

看来保安们说的是实情，而显然我又被瑞丽如家快捷酒店的那个男服务生给骗了，他只是希望我再住一晚。

我没再争辩，抱着朱旺重回到车上，将车驶离中欧酒店停车场，重新停在了对面酒店的地下车库里。毕竟在那里停过一夜，放心些。

重新抱着朱旺背着行李向瑞丽如家快捷酒店走去的时候，我想如果碰到昨天那个男服务生我该说什么，要说他骗我吗？

前台就一个男服务生在那里，并不是昨天的那个。

我想，算了。懒得说了，让这家酒店烂到底吧。

❸ 疑似被盗未遂

出门在外，真的不敢相信任何人。

后来，回京后，有一位北方的记者问我此次北京自驾云南有什么惊险的事。开始我不明白她的意思，惊险的事？旅途中我只盼着平平安安，一切顺利，哪敢盼着有惊险的事。她说我误会她的意思了，她只是想知道有什么特别的事。我告诉她，没有什么特别的事，我的旅途很平淡，没什么风吹草动。即使泸沽湖被骗了2000元钱，我也不觉得那是什么惊险的事。我说我的运气很好，我希望将来所有的旅途都有好的运气，都平平安安，惊险和浪漫永远不要来找我。

但如果真要说有什么特别的事，就是4月18日这天下午，回到瑞丽如家快捷酒店后发生的事还算有点特别。我怀疑自己这天下午在如家快捷酒店被盗未遂。

下午，在步步冷饮店吃完午饭后回到酒店时不到两点，本来我是打算睡一觉，错过太阳最烈的时候，等到傍晚出去吃晚饭时再逛逛街拍拍照片。但因停车问题很气愤，回到酒店房间里冲了个澡后开始写日记。写完日记也不想睡了，便开始写游记。

两点多的时候，朱旺突然对着门大声叫着，我听到门外窸窸窣窣的声音，然后声音远去，朱旺也不叫了。很快我房间的电话响了，是前台客服打来的，说是客房服务员来帮我收拾屋子。因她听到狗叫害怕就走了。客服问还要不要服务员过来收拾屋子。我看了看房间，我挺注意卫生的，除了东西乱点，房间还是挺干净的。并且，我在写东西，也不想有人打扰，便说不用打扫了，谢谢她。

我继续写游记。三四点的时候，我将写好的游记贴到网上时，发现上不了网。于是给前台客服打电话，前台说马上派人过来看看。

五分钟左右，一位男子来敲门，说是弄网线的。我便让他进来。因房间很小，紧贴着墙边不大的桌子根本放不下我的设备，所以我是将所有的设备摆放在床上，苹果电脑，iPad2，iPhone5，诺基亚手机，相机……我也是坐在床上写的游记，整理着照片。而床边的桌子上放着刚打包回来的饮料，还有一些零钱。

男子进来后先看了看网线，然后指着我的苹果电脑说要帮我重新安装网络连接。因电脑在床上，所以他要将电脑拿到桌上去，结果他搬电脑时不小心将正在充电的 iPhone5 弄到地上摔了一下。他立刻捡起 iPhone5，反反复复看了两遍递给了我。我接过 iPhone5 时感觉他又看了看床上的 iPad2 和其他设备，这才去弄电脑。可是他弄了半天也没有设置好网络。我有些着急，说苹果电脑有自动搜索系统，不需要重新设置网络连接的。只要他的网线没问题，我就能连上。

他说通常都是要重新安装一下的。

我说在这之前能上网。

男子就不说话了，但突然又问我苹果电脑是不是最新款的。我说电脑里有系统配置。他就去查看。他查看的时候，我想电脑配置与网络连接应该没有关系吧。我建议他回去再确定一下他的网线连接有没有问题。我说完合上电脑，意思是他可以走了。

男子看了看我，又看了看我怀里抱着的朱旺，然后离开了。

之后，我重启了电脑，系统就自动搜索重新连上网络了。五点多的时候，我在网上发出了旅行以来的第一篇游记。接着，很快就有人回复了。我有些开心，旅行中和网友的互动让我暂时摆脱了停车的不愉快和一路上的疲乏。

我的心情好了许多。看看时间，我打算出去吃饭。

背上简单的行李，带了个相机，带着朱旺出门找东西吃。

一路上边走边拍到了觉觉味道。

又碰到那条流浪狗，它看见朱旺便迎了过来，两条狗亲昵着。

店里的服务生向我推荐了一款什么牛肉饭，用他们当地的调料做的，因为不好吃所以我就没记下它的名字。又因为饭里的牛肉剁得碎碎的，还很咸，也就没有给朱旺吃。

吃完饭，因惦记着网上大家对游记的反应，便和朱旺回酒店了。

晚上 7 点，我回到酒店，上网看贴。不到一个小时，我的游记有十几条回复。我有了信心，决定接着写。

我先往朱旺盆里倒了些狗粮，又给它一根火腿肠。朱旺自顾自去吃的时候，我开始写新游记。

突然，吃着火腿肠的朱旺冲着门大叫起来，我一愣，很烦地看着它，它打乱了我的思绪。我想喝止它时，听到门锁的声音。有人在开锁。

朱旺叫得更凶了，边叫边看着我，并冲到了门口，狂叫。屋外开锁的声音有些犹豫，并伴随着敲门声。我便起身打开了门。一个女服务生站在门口，她也不怕狗，还冲朱旺嘘了一下。

"你有什么事吗？"我问她。

"嗯……收拾房间。"她问，"你是不是叫了收拾房间？"

我说没有。她问你的房间下午收拾了没有。我也说没有。这时，她有些支支吾吾地说是前台让她来收拾的。我说不用收拾了。

我打算关门，但服务生并不走，还往屋里看了看。我想了想，把垃圾让她带出去了。

女服务生走后，我接着写游记。写着写着突然想着有些不对。我打电话到前台问有没有派人来我房间收拾屋子。前台说没有，并说这么晚了除非客人要求否则他们是不会派人去客人房间的。

我顿时有些冒冷汗，这个时间，晚上 7 点多，会不会以为我出去吃饭了，服务生借着收拾房间来我房间里行窃？因为下午有人看到了我带的苹果电脑、iPhone5 等设备。不然，下午应该收拾房间的时候，听到狗叫就害怕不来收拾了。可晚上，有狗叫还要自己开锁进来收拾，还说是前台让她来的。

这怎能不让人怀疑服务生来收拾房间的真正动机。

当然，我这只是猜测。就算我小心眼了。瑞丽很乱，昨天一来就有人告诉我了。而今天，幸亏我赶着回房间写游记，否则，如果电脑等设备真被盗了，即使报警又能追回来什么呢？

瑞丽，明天一定离开。

晚上，我在微博里写下：今天心情很不好。

很快有朋友发来短信问我出什么事了。

我回复：一切安好。

第 16 天 433 公里

疗伤大理

　　独自旅行到了第 16 天似乎到了一个瓶颈。疲惫都不再用来形容旅行的累和孤寂。麻木和淡然是此刻最好的心态。越来越不去想旅行前我在干什么，工作是什么，朋友都有谁？似乎在路上成了一种必然，而越往后走越淡定，越习惯了在路上，越来越认为，这就是我的生活，我就是应该这样——在路上。

❶ 朱旺的"艳遇"

我的旅行计划是瑞丽后去保山待一天，然后从保山去临沧再待一天，接着从临沧至西双版纳。

瑞丽至保山的车程约 250 公里，走 G320 再走杭瑞高速不慌不忙五小时左右可以到达。昨天傍晚因酒店客房服务生未通知就来打扫房间而让我再次警惕安全问题，晚上早早地就躺下了，但却没怎么睡好。因想着一路上的疲惫，想着这家酒店的服务太差，想着自己的工作、生活、朋友等等，半夜里竟然失眠了。

早晨 7 点，和出来的每天一样，洗漱、清理行李。朱旺懂事地看着我，很乖地等着我，观察我的一举一动：是彻底清行李还是只清我的双肩包，当然，最重要的是否清它的行李。如果清它的行李就意味着我们又要换酒店或要奔波到另一座城市了。

朱旺现在明白而习惯每天的出行、出发了。

我开始穿袜子、穿鞋的时候，朱旺就着急地哼哼了，我告诉它，不会不带它的，让它放心。但它的哼哼声随着我开始清理它的包而越来越大，最后是要往我身上跳，要我抱着它。我只好一手抱着它，一手清理行李。幸亏它不重。

一个人在外，的确有诸多的不便。

行李不少，我得分两次拿上车。第一次将部分行李放上车后，我顺便带朱旺上了厕所。随后我们回酒店拿剩下的行李。经过酒店大堂时，看到酒店里有早餐提供，15 元一份。我便想过去问问有什么吃的。

也怪我嘴贱，哪里不能吃早餐，明知这家酒店的服务员态度差还要去自讨没趣。然而，这家如家快捷酒店的服务不是差，而是恶劣。

如果我有机会把一座城市拉入黑名单的话那一定是瑞丽，如果我有机会把一家酒店拉入黑名单的话那一定是如家快捷酒店。

我和朱旺还未走到餐厅门口，就碰到第一天晚上不准我们进酒店的女服务生，她看到我们后，像撵什么似的："滚滚，这里不准狗进！"说真心话，餐厅肯定不准狗进，可是你态度好点不行吗？其实那条街上带停车场的酒店非常多，有些还比如家快捷酒店干净、便宜。至于服务态度，我态度这么好，我都是求着人说话，但凡是个人也不会这样不讲道理。其实一路上大家对我和朱旺都很客气，都比如家快捷酒店的态度好。

如家快捷酒店的女服务生嫌弃我和朱旺的表情，叫我们滚的态度让我很受侮辱，但我什么也没说，立刻带着朱旺离开了。回到房间拿上剩下的行李，我们退房，我这辈子都不会再住如家快捷酒店了。

和朱旺取车的时候，地下车库的保安上来打着招呼："要走了，是回北京还是接着玩？"

无论是一个人在外，还是一群人在外，有人微笑地问候你，都会让你心暖。

"去保山。"我大声回答，心情一下子好了许多。

"保山不远。一个人开车小心噢，注意安全。"

我不停地说谢谢。

其实只要有点理性有点人性的人都会对一个没有任何威胁的陌生人表达最起码的客气和尊重，相比于地下车库保安的问候我只能说，我碰到的如家快捷酒店的服务生是没有理性而缺少人性的。同时，从服务员的态度也能折射出一家酒店的管理，上梁不正下梁歪，什么样的管理者带出什么样的兵。

好了，我就是个啰嗦女人，受了点气絮絮叨叨，没完没了。瑞丽如家快捷酒店服务态度再差我也要离开了，我也不会跟他们过一辈子。

从地下车库出来时，不禁又看了眼让人厌恶的瑞丽如家快捷酒店，不禁又审视着卯喊路这条街上的人群。坚强的人必定有颗脆弱的心。虽然这家酒店的服务生态度不好，但我相信这座城市还是好人多。地下车库的保安、宠物店的老板、街上我询路的路人、导游……他们都是瑞丽人，而他们都有一颗善良和包容的心。

阳光明媚，早晨的天气很好。打开 CD，歌声立刻在车里回荡，我的思绪也渐渐地远离错乱烦杂、没有安全感的边陲小城瑞丽。前方将去往另一座陌生的城市，有什么？将发生什么？一切都是未知。

朱旺见开始听音乐了，想必是路顺心情好了，它也蜷成一团在副驾驶座上睡了。我开了点小窗，有丝丝的风吹进来，这种小风下听音乐正好。

去往保山的路依旧是省道，有许多的盘山公路，其实这一路云南之行，几乎每一次跋涉都要翻山越岭行驶在险峻的盘山公路上。比如：西昌至泸沽湖，泸沽湖到丽江，束河到大理，大理到腾冲，腾冲至瑞丽……现在，我已熟悉了走盘山公路的技巧，总之慢、看、稳，这是驾驶在盘山公路必需的三个要点。

不知何时，一辆红色的京牌牧马人吉普车来到了我的前方。看到它，莫名地有种亲切感，在瑞丽边境小城，能看到的京牌车不多。

　　加油的时候，一个司机师傅告诉我，下午两点前就能到保山。师傅说："保山没什么好玩的，吃的还行，可以吃到不少特色。"

　　我告诉司机师傅保山只是路过，明早就去临沧，再由临沧去西双版纳。

　　司机师傅告诉我，临沧至西双版纳的路很烂，他300公里的路开了九个多小时。司机师傅建议我从昆明去西双版纳："走高速，七八个小时就到了。"

　　昆明？想想，昆明是我旅行计划中的最后一站，现在去是不是早点？

　　中午时，天气又热了起来。

　　进入到一个检查站，所有的车子，无论摩托车还是汽车，本地还是当地的，一律排队检查。武警一辆车一辆车地盘问，货车多会

出瑞丽的大小车都要检查。（行车记录仪拍）

检查行李。像我这种外地小车，一个女人和一条狗，武警检查了我的驾照和行驶证就放行了。

高速与省道不同的是，省道有时还能有点树荫，高速上太阳高悬头顶，从任何一个角度都是暴晒。空调风开到了二档，我边开车边考虑行程：从北京出发到这里已开了4000多公里了，现在去昆明也行，检查下车子，做个保养什么的。

热加上晒，开车的人很容易犯困。还好，杭瑞高速上的服务区设施完善，我每到一个服务区一定会停下来休息。喝点水，吃些东西，让朱旺撒撒欢。

在离大理不远的一个服务区，我刚和朱旺坐下休息，就有一条深咖啡色的小狗过去，冲朱旺献媚地微笑。

这应该是条流浪在服务区里的小母狗，从它不停地冲朱旺摇头晃尾，躺在地上露出肚子给朱旺，从朱旺突然想骑在它身上的冲动我判定，这条小母狗在发情期。

我把朱旺抱在了怀里："艳遇可以，但咱只'艳'不'遇'。"

小母狗似乎很喜欢朱旺，时不时将屁股递给朱旺，还跳上座椅翻躺下让朱旺去亲它。朱旺开始不顾矜持，不顾一切地要摆脱我。

唉！这大概就是狗性。

"不可以！"我抱起朱旺，把它放回车里拴好。但朱旺像是生气了，水也不喝了，肉肠也不吃了，赌气地趴在太阳下。

服务区里其他的休息客人看到朱旺的样子都觉得好笑，有个男子逗朱旺说："你们不合适，品种不相配。"

朱旺表示很生气，按平时它会冲着男子叫两声，可此刻，它一声都不吭，偏过脑袋不看旁人。看来是真生气了。

"你们是去哪里？"男子问。

"嗯……"我想说保山，最终却说了昆明。

"我们是去大理。"男子指了指旁边的女人和孩子说。

大理！大理！

突然间，大理古城满大街的食物，肉饼、饵丝……一一闪过脑海。是啊，我为什么不去大理。古城的小街，温馨的小店，不慌不忙的游人……是了，就去大理，我又不赶时间。既然临沧的路不好走，那就去大理待两天吧，自由行就是想到哪里就去哪里。

反正有车，就去大理！

决定去大理后，再上路时突然轻松了不少，摸摸一旁的朱旺，告诉它我们去大理，我们又可以吃粑肉饵丝了。

下午5点多，出了高速，当远远地看到洱海苍山的时候突然好激动，是谁说的：

　　一望点苍，不觉神爽飞越……

大理，不过离开你五天，再见时，竟情绪激昂。

所有的不愉快都在这里卸下。

回大理就是疗伤，不再记得瑞丽。

❷ 不跳会死

进入大理古城，气候一下子凉爽舒适起来。沿途很多的客栈，但我还是决定选择一周前来大理时住的那家酒店。有很棒的停车场不说，大家都喜欢我的小朱旺。

快到酒店的时候，将"朱二黑"清洗了一番，一路上，它也辛苦了。

酒店有空房，依旧是 128 元一晚带早餐。

停好车，朱旺旧地重游，很熟悉地跟着我上楼、放行李。它的表情很愉悦，看来它也喜欢大理，喜欢这家酒店。看到朱旺满意，我的心情也很舒畅，人也一下子放松起来。

傍晚的时候，带着朱旺出门了。我们在大理古城的街上慢慢逛着，先找东西吃，粑肉饵丝是少不了的，李记酱肉饼也来一份，肉串、烤鸡翅……每一份食物我们都吃得干干净净。

吃饱了肚子，我们继续逛街，各个小店、地摊都不放过。双肩包里又增加了一些纪念品，也买了普洱茶。七八个自行车驴友驮着厚重的行李进入到大理古城，一身尘土，但满脸兴奋。驻车望着古城的楼门，似乎在心中感叹：终于到了！

大理就是这样一个让人想要去的地方。到了就踏实了，心就放松了。

在人民路和复兴路的交界处，一群人开心而散漫地围成了一个大圆圈。"哎，看看，又开始跳舞了……"人群中有人说。

我以为是像丽江四方街那样，晚上会有一群人自发地围起圈跳起云南民族舞蹈。但向前望去，圆圈的中间，只有一名外国男子。络腮胡须，黑色长发高高盘在脑后，黑色长裤，黑皮鞋，却穿着一件大红色的背心长裙。

难道是这名外国男子要跳舞？

旁边一位游客告诉我，这名外国男子是位西班牙舞蹈演员，据说在西班牙有些名气。来大理五年了，和女朋友住在一个小客栈里，几乎每天都会来街边跳舞。

但是一周前我来大理时却没有看到，想是错过了。

外国男子自顾自地活动手脚，将一顶帽子放在中间，没有和任何人说话，没有任何表白，打开手机音乐开始缓慢起步。他跳得很投入很奔放，很自我很随意，他的身体很柔软，他的舞姿一定是经过专业培训的。音乐很抒情，他的身体打得很开，他跳得随心所欲、漫无目的……

五六分钟后音乐停止，他满头大汗地结束了舞蹈。人群渐渐散去，有人放下一元两元在前面的帽子里，他也不感谢，径直走到身后的一位外国女子身边，喝水擦汗。这个外国女子在他跳舞的时候一直在帮他拍照，她的旁边有条大黑狗，很乖，只是蹲着看着，不骚扰人群，也不乱走动。我想，女子应该是舞者的女朋友。

我在帽子里放了两元钱，我知道他不是为了钱在跳舞。

我明白有这样一种人，为理想活着，为自己活着，为追求活着，为信仰活着。他们内心纯净而怡然，他们追求一种品质，活着的价值，只为了好好地活着。他们唱歌跳舞，只是单纯地唱歌跳舞。他们爱生活，爱舞蹈，爱理想中的艺术，忘我地活着。不介意嘲笑，不介意讽刺，不介意你是否理解，他们就是要好好地活着，过自己想过的那种生活。他们只为活着。不按自己喜欢的方式活着还不如死去。他们为自己为理想为信仰为艺术为爱活着！

所以，眼前这位红裙男子奔放地舞着他的理想他的艺术他的追求……并不是为了钱。这就是他想要的生活。他跳舞只是为了跳舞，那是他的生命。不跳会死！

我突然有种解脱，我为什么出来旅行。为了看山看水？为了摆脱烦闷的城市生活？为了摆脱那不公的体制？为了让足迹又到达了一座城市？……不，我只是想旅行就出发了。想到云南就来了。想自由想不被约束就来了。想过我想过的那种生活就来了。不出来我也会死的！

还有我爱写作，一直在思考，一直在写，从未停止。为名为利吗？不是，是因为要写。是因为想写。是因为有东西要表达。不写会死！

我和朱旺继续在街边小巷逗留闲逛，大理古城的晚上很悠闲很舒适。我们不着急，我们要细细慢慢地走。在准备回酒店的路上，前面两个男子引起了我的注意。其实我最先注意到的是他们穿着的灯笼裤。我记得在腾冲和顺古镇的客栈里，遇到的那四个年轻人中有个男子就是穿着这种灯笼裤，当时看着好舒服好随意，就想要一条，便问他在哪里买的。他说大理，30元一条。

前面的两个男子边走边聊着，我是顺着裤子看到两个男子的背影，又看到发型和聊天的侧面。这时，我高兴地"嗨"了一声，两个男子回过头来，果然，是他们。腾冲和顺古镇客栈里遇到的那四个年轻人中的两个。

记得在腾冲分开的时候，我就有种预感会再碰到他们。虽然当时我打算去瑞丽，而他们计划去西藏。

他们也很高兴看到我："你不是去瑞丽了吗？"他们问。

"我在瑞丽待了两天，本来是要去西双版纳的，途中想想，就来了大理。"我说，"你们呢，你们不是去西藏吗？"

"是要去西藏，等几个朋友，就决定先来大理。"他们问我，"瑞丽如何？"

去瑞丽前，他们就提醒过我，瑞丽不是很安全。

"幸亏你们提醒过我，瑞丽的确有些乱。"我们边走边聊，"你们还有两个人呢？"我问。

"他们在前面摆摊呢！"

腾冲客栈结识的四个年轻人。

"摆摊？"

果然，往前没走多久，一个酒吧门前，他们中的另外两个人，一男一女在一张桌子前坐着，桌上摆着明信片和一些佛珠类的首饰。

我们再见面都很意外和开心。我看他们卖的东西。明信片是女孩子自己画的，有和顺古镇的小镇图，有自己随行的风景画。画得很好，每一张都不一样。而首饰是男孩子自己旅行中买的纪念品。

桌子上摆着一张卡片，上写：随缘定价。

他们说摆摊只为打发时间，因为等朋友在大理会合后去西藏。所以，卖的东西大家随意定价，喜欢哪个愿意出多少钱就拿走。

后来我发现，好多摆摊的旅行者都是这样，有些人是旅费花光了，批些货摆摊挣些小钱。有些人摆摊只为了打发时间。

我很欣赏和喜欢这样的年轻人。

私下称他们为"四行者"。

433 公里

第 17 天

旅行中的成长

闲适舒畅愉快的一天。

忘掉了旅途中的疲乏，忘掉了长途跋涉的辛劳，忘掉了一个人在路上。养精蓄锐准备再度出发。

又写了游记，看了许多网友的回帖，多是鼓励和赞赏。于是，更增添了写游记的信心。同时，也明白，大家希望看到的是真实而贴近生活的文字。

早晨 7 点，像在家里一样，懒懒地赖在床上，不理朱旺的哼哼声，坚持闭着眼睛，想怎么去度过这一天。

没有吃酒店里提供的粑肉饵丝，但给朱旺要了点没加调料的肉末。

南门外有人在跳绳，有人在练太极拳。我找个石阶坐下，放下朱旺自己玩着。太阳早已出来，但路上行人很少。古城里的店铺通常 10 点左右才开始营业，所以现在，从古城里走出来的多是旅行的人。

和朱旺往古城里走，边走边拍。行人依旧不多，天很蓝，可以看到远处的山。有人将一辆辆自行车推到店铺门口摆放整齐准备出租。有餐厅将桌椅摆在门口准备营业。有背着包准备离开的游人。有人开始摆地摊。一个老汉提着一条巨大的鱼，要我拍，说是他早晨钓的，有十多斤重。我提了提，很沉。

还是昨晚那家酒吧门口，又看到"四行者"中的那个女孩。戴着草帽，坐在墙角荫凉处。前面还是摆着那张桌子，上面有她画的明信片和一些佛珠。

又看到她很高兴，便坐下和她聊了起来。她叫娜娜，1989 年出生，安徽人。他们四个人本来相互不认识，她是一个人去广西旅行，在北海青年旅舍，认识了这三个男孩子。三个男孩子，一个1989 年出生，湖南人，叫崔，就是他和娜娜一起摆摊。另两个都是 1990 年出生的，一个浙江人一个江苏人。当娜娜知道他们下一站是云南时，便决定和他们一起搭车到了云南。

娜娜说："这是我们四个人的缘分。"

"你父母知道你现在的状况吗？下一步怎么打算？"我问娜娜。

"我从未想过有一天自己会搭车旅行，并且和他们一起待了近一个月。"娜娜说，"父母已经知道了，很担心我。但我觉得自己很幸运。他们三个是很善良很健康很阳光的男孩子，我们四个现在是很好的朋友。"

有男子过来挑了娜娜的两张明信片，问她多少钱。她指着摊上一张卡片上的字说："随缘定价。"

男子想了想，便放下了 20 元钱。她道了谢。

"一共卖了几张？"男子走后我问娜娜。

"早晨一共卖了六张。佛珠都是崔的。他晚点会过来。"娜娜说，"其实崔的佛珠不该随缘定价，这些佛珠都是他旅行时看着喜欢就买的纪念品。有两串佛珠，我看着他花了 200 多元买的，但昨天有人要买，他说随缘定价，那人给了 20 元钱就拿走了。"

"呵呵，那不是很亏？"我说。

"是啊。"娜娜说。

"打算和他们一起去西藏？"我问。

"是的。西藏是我的梦想。"娜娜告诉我，旅行后突然觉得世界很大，自己很渺小，原来生活中那些不愉快的事已微不足道。

是的，这一点我有同感。旅行后，我知道接下来，我想要什么。这是最重要的。我知道我想要成为什么样的人。想要过什么样的生活。这，比什么都重要。

离开娜娜的小摊，带着朱旺再逛早晨的大理古城。在人民路和复兴路的路口处，好多卖鲜花的，就像北京的早市一样，一束束，一捆捆，一盆盆……

朱旺开始不高兴摆拍了，它冲我大声叫着。

　　有一群女孩子，在一个个巨大的塑料盆前，一片片拆着玫瑰花瓣，指甲都染红了。我问：这也是卖的吗？女孩说很多人将玫瑰花瓣买回家做成鲜花饼和玫瑰花茶。这个我知道，我在丽江就吃过很好吃的玫瑰花饼。

　　有人挑着两筐樱桃，很多人在挑选。15 元一斤。我因抱着朱旺，便请卖樱桃的直接帮我称十元钱的。旁边一大姐建议我自己挑，别让卖樱桃的直接称。我想还是算了，我跟卖樱桃的说，我相信你，你帮我抓好一点的。结果买回酒店后发现，十元钱的樱桃，有一半是她剪下的枝枝。我想这种商贩哪里都有，并非大理特产。

　　吃过午饭，在酒店里和朱旺美美地睡了一觉。傍晚的时候，又和朱旺去大理古城觅食了。

再次看到那位西班牙舞者，这一次他是在人民路的小学校门口跳舞，又有新的观众围着他。他依旧穿着红裙，依旧奔放，依旧跳得很投入。我和朱旺没有停下来。

城市是过客，彼此彼此。大理是驿站，寻寻觅觅。

吃饱喝足再次碰到了摆摊的娜娜和崔。我觉得跟他们很有缘，我说请他们喝啤酒。但娜娜和崔一再地拒绝，很坚持。我突然明白，其实我对于他们还是陌生人。

和崔聊天知道他原有一份很好的工作，但因一年前旅行到了西藏，回到家后总想再出来，最后终于说服父母，而此次他已经搭车出来半年了。

崔很得意地告诉我，这次来大理他们住的是四人间，一晚上50元，一个人15元都不到。

我真羡慕他们，羡慕和向往这样的生活。真希望自己和他们一样年轻，和他们一样如此消费一次青春。

我们聊天的时候，一个男子开着一辆摩托车进入古城。很明显，他是一个人来的。他的摩托车是那种军用改装的摩托车。其实这并不特别，特别的是摩托车后座上的那一摞行李。两个大帆布袋，两个箱子，一个大纸盒子，摞得高高的。男子35岁上下，灰色T恤衫，休闲裤，黑色北京帆布鞋，混搭得很有意思。他说他是苏州人，一路开着摩托车从苏州到了大理。他出来三个多月了，接下来，他要去丽江、梅里雪山，去西藏。

西藏。那里有什么？那么多人魂牵梦绕、吃尽万苦就是为了到达那里。

青春真的是台发动机。生命因青春而变得更有意义，不用知道是什么迫使这些年轻人远行，毫不犹豫地去追寻自己的梦想。

本身，青春就是动力。

旅行使人成长。

后来，回到北京，整理照片和日记时，我很后悔没有买一些娜娜自画的明信片收藏。看来，我还不够专业，称不上"职业"驴友，不知道这些明信片的意义。我还没有真正融入到"旅行者"中。

晚上，抱着朱旺再次上了古城楼，坐在椅子上，远眺整座大理古城。这个时候，古城是最具魅力的。

　　……洱海映苍山，永烙心中。白水河，彩云月。极目远舒，玉龙挥泪长河……（摘自肖草的《大丽梦》）

明天就要离开大理。

什么时候还会回来。

如果有可能，我想冬天的时候来一次大理，看看苍山雪。我还想中秋的时候来一次大理，看看洱海月。

第 18 天 591 公里

没有电的西双版纳

西双版纳亦称景洪市，西双版纳傣族自治州是对整个傣族地区的全称。

4月21日，今天的目的地是西双版纳。

受那四个年轻人的影响，我决定西双版纳住青年旅舍，结识些旅途中的年轻朋友，了解些他们旅游的故事。于是在去西双版纳的头天晚上，我搜索到了西双版纳青年旅舍，预订了北岸的一家。

网上介绍说：北岸青年旅舍坐落于有着东方多瑙河美誉的澜沧

93. "热海大滚锅"远看就像
一口烧开了的锅。

94. 热海公园最好玩儿的就是泡温泉了。挖个坑就是泡温泉的池子。

95. 96. 97. 98. 朱旺的眼睛有些肿了，小家伙辛苦了。

95

96

97

98

99. 北海湿地修得最好的就是这条栈道了。

100. 坐船游湿地。

101. 划船的小伙子。

102. 40元的船票钱其实挺不值的。

103

104

103. 瑞丽城区。瑞丽是被我拉黑的
城市，保守、狭隘、不安全。

104. 莫里热带雨林。

106 107 108

106. 107. 108. 朱旺销魂的小背影。可
见我有多爱它啊！

109. 姐告国门前的商业街。很多缅甸人。

110. 111. 112. 天热加上发动机太烫，朱旺转了好几圈才敢蹲下。

113. 又回到大理，真开心。

114. 不跳会死的西班牙舞者。

115. 早晨太阳大，娜娜躲在角落里卖她自画的明信片。后悔没有买几张留念。

116. 这位男子从苏州一路开着摩托车到了大理。他出来三个多月了，准备去西藏。他的装扮和行李都很有趣。

117

117. 澜沧江大桥很美，江边修得还不错。

118. "金盆洗手"是为了洗去烦恼的，朱旺却趁我不注意跳上去喝起那洗手水，忙抱它下来。

119. 朱旺和吉祥大佛合影。

120

在南莲山山顶，俯视整
个景洪市（西双版纳）。

江、湄公河畔。是当地极具傣族特色的高档别墅区，四季如春，治安良好。旅舍提供的免费服务有：有线／无线上网、公共电脑、行李寄存、电磁炉、土司炉、冰箱、24小时热水、地图、国内电话等。但我到了才知道，地方再美都不如服务好，承诺再多都不如做好一件事。什么公共电脑、电磁炉、冰箱等其实你很难用到，并且你想用也找不着。你想用免费国内电话时，老板一定会说还没开通，或者说最近电话有故障。这些都是次要的，问题是从我到达青年旅舍至离开，这家旅舍的老板，是无论你怎么冲他笑，他永远摆着张臭脸。

我知道不是所有的青年旅舍都不好，什么都不是绝对的。但住过这家旅舍后，我不再迷信青年旅舍。以后，我还是按照自己的方式，根据网友的评论，再去预订适合我住的客栈或酒店。

从大理到西双版纳，开车要11个半小时。几乎全是省道，山路多。于是我早早地起床，没有等酒店里的早餐，6点40分就开车上路了。

云南的山路很多，每从一座城市到另一座城市无论国家级高速公路还是省道，都是翻山越岭，所以，此次云南之行，28天，我熟悉了很多开车技巧。

大理往西双版纳的路，因为多是盘山路，一路风景不错。省道也很规矩，道路平整，双向两条道，车不算多。只要自己小心，不疲劳驾驶，遵守交通规则，应该没问题。

省道上休息服务站不好找，几乎是在自己家院子里开辟的，地方还很小，两辆大车就占满了。我大多选择在加油站里休息。中石化和中石油设的加油站都会有公共厕所，停车的地方也很宽敞。后来整理照片，回看行车记录仪时，发现有一段在加油站里，我停车后忘关掉行车记录仪就去上厕所了。记录仪里清楚地记录着，我下车后朱旺狂叫的声音，但随即声音突然停止了，只是偶尔小声地呜咽。但过了许久它又开始狂叫。原来，我进厕所后，朱旺看不见我就停止了叫声，等看见我出了厕所后它又开始狂叫。

原来，这条臭狗是这样"狗仗人势"的。

随着路程，离西双版纳越近，天气就越热。天气预报提示，西双版纳气温 32—36 摄氏度。我上身已换成了短袖 T 恤，车里开着空调，朱旺热得一直吐着舌头。

省道上开车最害怕的就是穿过县镇村的道路，人多，乱过马路，横冲直撞。经常地不知道从哪里就蹿出一辆摩托车，有的摩托

西双版纳就两个感觉：1.热；2.处处是风景，包括高速路服务区。

车上坐着三四个人，晃晃悠悠的。

云南的各种小村庄特别多，越是边远的城镇越多。下午一点多，大概是要进入镇沅县的时候，诺基亚手机就没信号了，无法导航。有一段很烂的泥土路，二三公里的样子，车一颠一颠的，路标很不清晰。突然，三条岔路横在眼前。三条路都在修路，路上却无人。此刻热得要命，朱旺见停车拼命地叫。我将车停在路边，等有车或人经过。终于有辆摩托车过来，我拦住问往西双版纳的路。骑摩托车的人还未说话，坐在后座的男子向我指了左边的一条路，说上去就是了。我谢了，准备开车时又犹豫。那条路有个极大的坡，感觉开上去又进山了。正疑惑时，发现骑摩托车的两个人并未走远，且不停地回头看我。这时，一辆满载泥土的货车经过。我不顾满天的灰土，拦住车问往西双版纳的路。司机告诉我的却是摩托车开过去的方向。

我想这一定是骑摩托车者跟我开的玩笑，幸亏我犹豫了，不然不定开到哪里去了，会遇到什么事也说不定。我开车经过那辆摩托车时，看看那两个人，他们哈哈大笑，为没有能骗到我。

过了普洱市后，两边的道路越来越规范，绿色植被和各种花也越来越多。下午 6 点多的时候，路边有一头大象的模型，顶上写着：

西双版纳，梦会开花的地方。

瞧这话，太有诱惑力了。

我知道我、朱旺、"朱二黑"已顺利地进入到西双版纳地区。

此后，道路两旁的风景漂亮起来。我想如果不开车大概不会知道，西双版纳的高速路上，休息区就是景区，布置得非常漂亮，可以停车拍照，里面是山谷，有楼梯可以下到山里。有的景区里，可以清楚地看到山谷里有河流，各种树木。经过野象谷休息区时，好多车辆停在这里。虽然有牌子提醒游客注意"小心野象出没"。但大家都知道，景区里都不一定能看到野象，何况在休息区旁的山谷里。

下了昆磨高速就是景洪市了。车虽然多了起来，但景洪市并不大，三四公里后就到了北岸。

我预订的青年旅舍并不难找。晚上7点半的时候，我进入到那个号称"四季如春、治安良好"的别墅区。一片漆黑，青年旅舍里就两个人，一位女服务员和一个男老板。他们告诉我，整个北岸都停电了，刚刚停的。

停电？我已经很多年没有经历这种事了，但殊不知有些城市还是会偶尔停电的。

这么黑的天，这么黑的地方。也不敢再去哪里。交了房钱和押金。我向老板要根蜡烛。可能我的运气不好，也是来的不是时候，估计也是停电闹的。老板很不耐烦地甩给我一根快燃尽的蜡烛，说："别磨蹭了，快去洗澡吧，一会儿热水也没了……"

本来我还想问要停多久，也没敢问了，带朱旺回房间洗澡去了。

洗完澡和朱旺出去找吃的，在别墅外的一家小餐厅里胡乱吃了份炒饭，就又回旅舍了。

天气很热，刚洗的澡又走出了一身汗。回到旅舍，来到院子里，希望能让自己凉快一些。院子坐着几个人，开始以为是住客，交谈后才知道他们是从深圳来西双版纳实习的，就住在附近，也因停电，到这里来坐坐。他们也带了一条小泰迪熊狗，但和朱旺好像气场不合。两条狗不愿意一起玩。他们问我是来参加泼水节的吗？我知道傣族泼水节是 4 月 13 日至 15 日，但我是特地避开这个日子来西双版纳的。我怕这种热闹，电视电影里都看到过泼水节。可以想象。

院子里没有风，可以清楚地看到澜沧江大桥及灯火通明的南岸。这几个实习生告诉我北岸经常会停电，但南岸不会。南岸繁华比北岸好玩，有很多夜市，通常游客都会住在南岸。

终于来了几个住客，是比我早一天到的西双版纳。但和他们聊天时，他们似乎都不想说话，很警惕。算了，本身我就不是一个喜欢与人亲近的人。

我打算回房间，想找老板要根蜡烛时，也不知他去了哪里。问女服务员要蜡烛，说没有。让我回房睡觉，说睡醒了天就亮了。

靠！是这样打发我。

开了整整 13 个小时的车，到了西双版纳，却住进了一家没有电的青年旅舍。西双版纳的第一晚，很不好。

我很后悔住青年旅舍了，从车里拿了些水和手电回房间。我决定明天离开这家青年旅舍。

真的很热，躺在床上都是汗。走手机流量上网查西双版纳南岸的酒店和客栈，终于看到一家有停车的地方。打电话过去，知道可以带狗便预订了。

明天搬到南岸去。

第 19 天

善恶之间

早晨，似乎听到公鸡的打鸣声，我醒了，刚过 5 点。

透过窗子，天边有一抹亮光悬浮在澜沧江上。打开窗，没有风，能嗅到浓厚的潮气和丝丝的凉意。我的家乡武汉的夏天就是这种感觉，潮湿、热气紧紧地贴着你的肌肤。我知道这种湿润。水分子会顺着每一个毛细孔向里渗透，直到你身体的每一个部分。在这里，你根本就不需要保湿，空气就是最大的保湿面膜。

我留恋这种空气湿润的感觉。

❶ 狗也有拜佛的权利

既然醒了，就没有再睡。

拿出相机，站在窗前，拍摄窗外的景观。

周边有些零乱，很多地方还在修整，红色的泥土一堆一堆的。整个别墅区算不上高档，只是有些傣族风格罢了。

旅舍的院子里倒还干净，有休息的桌椅，有简单的花草。我对花草识别率不高，但有一种三瓣玫瑰色小红花的植物，估计是很容易种植，我在腾冲就看到过，并且一路都有看到，西双版纳更多。

院子里有一条小路出去可以走到澜沧江边，简单洗漱之后，便带着朱旺出去了。朱旺看来很喜欢这种小院子，撒欢地跑，来回地窜。

澜沧江很美。我和朱旺顺着小路，三四分钟就到了澜沧江边。江水很清，缓缓地顺流而下。站在北岸，可以清楚地看到对面繁华的南岸。

岸边有人工移植过来的鹅卵石、棕榈树。堤岸上有人在散步，棕榈树旁有人在打太极拳。

这是一个祥和的早晨。

很快，太阳出来，一下子就感觉到热，有汗水渗透肌肤。赶紧带着朱旺回到旅舍，胡乱地吃了些自带的食物，算作早餐了。

清理行李，准备退房离开。

退房时想了解一下西双版纳游玩的地方，但因我要退房了，老板便不想搭理我，只是说，西双版纳到处都是风景，想去哪里去哪里。

很失败的西双版纳北岸之旅，很失败的一夜青年旅舍。

朱旺似乎不想离开这里，它很不满地非常愤怒地汪汪叫着。与以往开车离开很不同，车开起来了还在叫，我就知道它不高兴了。我劝着它："南岸一样有这样的风景和院子，你不用着急，刚老板不是说了吗，西双版纳到处都是风景……"

北岸到南岸没多远，开车穿过澜沧江新大桥，一刻钟的工夫就到了南岸。只是找我预订的酒店花了点时间。

我预订的酒店在一条小巷子里，看上去应该是家私人酒店，很简陋，挺大的一间房，还算干净，76元一晚，有停车的地方。

我去得太早了，有人刚退房还没来得及收拾，老板建议我先去玩。

我决定带朱旺去"勐泐大佛寺"。

"勐泐大佛寺"就在景洪市内，七八公里路程，车还未到近前，远远地就能看到一尊巨大的佛像立在寺庙里。

天气太热，走一步都会流汗，但即使不热，我也不愿意将朱旺锁在车里。

我背着朱旺先到验票口咨询能否背着它进佛寺，如果行我就买票。如果不行，我也不进去了。结果，门口的验票员很喜欢朱旺，说进去吧进去吧，于是我就买票带着朱旺进去了。

此时是早晨9点多钟，进了大佛寺后，我就出了一身汗。我想朱旺也一定很热，它一身的毛，并且越来越长。门票上有"勐泐大佛寺"景区游览示意图，我感觉和朱旺走上南莲山山顶公园肯定会热坏了我俩，于是，我买了张电瓶车票。40元钱，打算坐车上去，然后走下来。

同坐电瓶车的游人都很友好，一路上大家有说有笑，夸朱旺漂亮，当然也夸我。

南莲山山顶公园的缘空玻璃观景台可以空览景洪市全景，山顶公园还有个金盆洗手台，经过的游人都在金盆里洗洗手，说是从此烦恼没有，幸福倍添。我也去洗了洗手，但一转身，却发现朱旺也跳上了金盆洗手台，它是去喝那盆里的水的。它口渴了。我忙抱起它，我包里有水，我害怕在这佛堂庙宇，朱旺又冷不丁得罪了谁。于是，我将它紧紧拴在我身边，再不放开。

吉祥大佛是朝拜南传最大的露天站佛，高 49 米。朱旺在吉祥大佛前摆拍了许多照片，它非常配合，也可能是热了、累了。

坐在楼梯上休息的时候，一个男子牵着个小女孩过来，小女孩要逗朱旺，我忙提醒她，不熟悉不要逗朱旺。那男子很不高兴地问我："你的狗买票了吗？"

我看着他，我想问你的孩子买票了吗？但一想算了，不必介意，我笑着说上面的风景很好，快去吧。

虽然和朱旺越来越不好看了，但合影还是要的。

那男子带着孩子走后。又一男青年过来。看着我和朱旺皱皱眉头："你的狗让进吗？还是你偷偷带进来的？"

我有些烦了，一路上带着这条狗我够小心的了，我尽量迁就所有的人，但朱旺也是条生命啊。

我说："难道狗就没有拜佛的权利吗？难道它不是条生命？它没有思想吗？"

男青年大概觉得我挺好玩的，他挨着我坐下，想逗朱旺，我依旧提醒他，跟朱旺不熟不要逗它。

"它会怎样？"男青年问，"它很凶吗？"

"是的。"我不想再委屈自己老是迁就他人。

"佛门禁地，是不应该让狗进的。"男青年说。

"你们吧……太自以为是。我可是征得验票员同意才进来的。"我说，"人性！什么叫人性？这就叫人性。在你们眼里，狗只是畜生。可以随便吃随便杀的动物。"我以为说完这些，男青年会离开，但他似乎想和我聊天，于是我接着说："人太强势，以强欺弱……只不过是人类在主宰世界罢了。"

男青年说："你的境界太高，但这是佛门规定，不准狗进。"

"哪条佛经里有规定不准狗进。佛门规定不都是人定的，难道是天生就有的？"我说，"一路上，我去了很多寺庙、教堂，人家都欢迎我们。博爱！什么叫博爱？爱所有的一切。不是只爱自己。"

男青年说："我们没有只爱自己。"

"定下那么多条条框框不就是只爱自己吗？"我说，"你想听下去是吧。那你一定从很多地方中听到过极乐世界，那可是无我的世界：人与人平等，人和动物平等，大家自由自在地生活。鲜花灿烂，鸟语花香，万物共享的世界，对吧？”

男青年笑了，还是那句话："你的境界很高。"

"极乐世界里是有动物的。没有说只有人吧？众生欢乐一堂。这个众生可是包括有狗的。"我说完这些，男青年无言以对，只是看着我。

"你去逛吧，别陪着我浪费时间了……"我说。

男青年就走了。

太热了，出了"勐泐大佛寺"就不再想去哪里玩了。和朱旺回酒店，休息，洗澡，写游记。两点的时候，带朱旺出去吃午饭。

吃了午饭，回酒店的路上，经过一家热带水果店，看到一种蛇皮果子没吃过，就决定买点尝尝。

蛇皮果子 12 元一斤，我问老板怎么挑。老板看我抱着狗，便说他来帮我挑。我相信老板，想不过十几元钱一斤的果子，还不至于骗我。结果老板帮我挑了 15 元钱的蛇皮果子，回到酒店后，手指都剥破皮了，却没一个能吃的。

我将蛇皮果子扔了。我始终相信上帝是公平的，他左手给你什么右手一定会拿走些什么。上帝给这座城市带来商机的同时也带来了恶。或许这个水果店老板平时也不会这么想到坑人，他是一刹那，想到一个外地独自来此地旅游的女子，还带着条狗，不方便挑水果。他在想帮我挑时或许是善意的，但挑的过程中，产生了恶。

善与恶，只是一瞬间。

一个人有多善，一个人有多恶。

人在不断行善的过程中会越来越善，人在不断行恶的过程中会越来越恶。

善与恶，一念之差。

❷ 逛夜市

晚上 7 点的时候，太阳落山了，我又冲了个澡，给朱旺倒了些狗粮，但它吃了几颗就不吃了，它惦记着出去吃饭。它现在比我还着急要出去吃饭。

因为白天热，晚上人都出来了。街边有夜市，地摊、烧烤……一家挨着一家，很热闹。我点了烤鱼、烤肉和啤酒。烤鱼很不错，是一种本地澜沧江的鱼，叫什么名字不记得了。烤肉差些，或许我没吃到好的。

朱旺跟着我吃鱼吃肉，吃得一声不吭，有狗经过它也只是瞟一眼，没空和它们废话。我喝了一瓶啤酒，天气还是很热，我是无意中撸起 T 恤短袖，想凉快一点。我也是无意中露出了胳膊上的文身。

在我吃烧烤的时候，我旁边的桌子来了五个当地的青年，他们也点了烤鱼烤肉，还叫了好多的啤酒，其中两个青年还逗了逗朱旺，要喂朱旺吃肉，我拒绝了。这时，离我近的一个男青年碰了碰我的肩问我从哪里来。

"北京。"我告诉他。

"你这文的是什么？"他问。

我这才发现因天热露出了胳膊上的文身。我放下袖口，没有回答。

"我也有文身。"他给我看他的文身，是一朵花。很少有男人文花的，还没文好，缺个花瓣。我想了想也把胳膊的文身给那个男子看。那男子看完还是问："文的什么？应该不是你的狗吧？"

"没文化吧？"我说，"这是只雪豹，听说过雪豹吧？"

我真是喝酒了，说话好冲。

"雪豹很凶的，可你这只……看上去好温顺。"

"我这是只温柔、善良、勤劳、勇敢的小母豹……嘿嘿，"我笑了，"不懂吧。"

五个人傻傻地摇头。

我也是喝了点酒，便跟他们聊了聊："雪豹，最为神秘的生灵，敏感、机警，喜欢独行于茫茫雪海中。它是真正的雪山之王，是高原的守护神。它集美丽、神秘、勇猛、智慧于一身……"我说，"懂了吧。"

男子愣了愣，摸摸脑袋。我放下衣袖，结账走人。

景洪市南岸的小吃夜市真的很丰富，有点像家乡的大排档。其实我已经饱了，但逛到卖汤圆的摊子前，忍不住又吃了碗甜酒鸡蛋汤圆。

有个小贩推着车卖水果，都是我不认识的东南亚水果。我买了个缅甸瓜，20元钱，有点小贵，但真的很甜。

逛景洪市夜市的人，感觉都是旅游者，而商品多是玉器类，我没兴趣多逛，什么也没买就和朱旺回酒店了。

临睡前，发现朱旺又去吃狗粮了。

我带的狗粮真的不够它吃了。

第 20 天

梦开花的地方

美丽的西双版纳。这里的梦真的会开花。

❶ 挑战空中走廊"望天树"的朱旺

2013 年 4 月 23 日，朱旺成功地挑战了世界第一高树冠空中走廊"望天树"。

西双版纳真是潮湿、闷热。

早晨8点就和朱旺退房离开了。今天的目的地是"中科院植物园"。

"中科院植物园"离景洪市区不到70公里，约一个半小时车程。在开往"中科院植物园"的路上，我看到"望天树"的路标。

其实"望天树"风景区我一直在犹豫要不要去。首先它在勐腊县，距离景洪市约146公里，开车得三四个小时。并且看介绍时知道"热带雨林国家公园望天树景区"有个"全长500米，高36米"的世界第一高树冠空中走廊，我想这个空中走廊那么危险一定不会让狗上去。并且"望天树"里有的热带雨林，"中科院植物园"里都会有。所以，反复斟酌后，我决定不去"望天树"。但你可能不知道，从景洪市开车上小磨高速往"中科院植物园"去的路上，风景有多美。晴天薄雾，绿树环绕。空气像层薄膜般被阳光穿透，翠绿的树叶被露珠压得上下起伏，那种早晨的晴朗只在电影里、在图片中看到过……这个时候你就会承认，梦在西双版纳一定会开花。而这个时候，你就想沿着这条美丽的路开下去。

全长 500 米，高 36 米的世界第一高树冠空中走廊。

开下去，就是前往"望天树"风景区的道路。

所以，在这里，我边开车边做了个决定——去"望天树"。

再次感叹自驾游的好处，想到哪里就到哪里。

我关了空调，开了半个窗子，让早晨的清风飘进车内。打开CD，听侃侃的歌，我和朱旺幸福地在路上。

这大概是除了泸沽湖后最漂亮最美丽的路程。

在去往"望天树"的路上，虽然也翻山越岭，但那种美与泸沽湖不同。泸沽湖是环湖要往下看，而这条路上，你只需要很稳当地开着车，前方、左右都是美丽的风景。你看着，心都想唱歌。突然觉得侃侃的歌不适合在这条路上、在心情愉悦时听。于是关了CD，开始自己乱哼哼，哼来哼去，发现竟然是一首《快乐老家》的歌，谁唱的，真不记得了。但我的快乐也带给了朱旺，它稳稳地端坐在副驾驶座上，仰着头眯着眼享受着窗外吹进的小风。

多么可爱的小伙伴，一路上有它，多么幸福和快乐。

我真愿意待在这里。享受这梦开花的地方。

中午时，我们到达了"望天树"景区，门票因编辑证打了个五折。付钱买票时，售票员提醒我说，空中走廊可能不准狗进。

因有昨天进"勐泐大佛寺"的经验，我将朱旺背了起来。和游人一起向空中走廊慢步而去。空中走廊不打折，120元一个人。也可能因为当天的游客不多，也可能是朱旺在我身上背着，还可能因为朱旺是条小狗，或者，更多是因为我是一个女人，很多人原谅了我，对我很宽容。所以，我能够顺利地带着朱旺上了空中走廊。

的确很险，走廊的悬梯很窄，只能容下一个人的身子。空中走廊也同样很窄，我背着朱旺勉强能通过。天热极了，我出了好些的汗。也幸亏朱旺背在怀里，我的手能够腾出来拿相机拍照。但也只敢拍左右、上下和前方，不敢回头，更不敢请别人拍照。其实真想和朱旺在这里留影纪念。

终于出了这条"全长500米，高36米"的世界第一高冠空中走廊，禁不住抹了一把汗水，舒了口气，放下朱旺，它估计也累坏了、热坏了。

有一群人围着台电脑在看着什么，原来是景区的服务人员利用空中装置的摄像头帮我们拍了照片，20元一张，但不提供电子版拷贝。这也不错，凡是有我和朱旺我全要。可惜，只给我们拍了三张。但仍然很开心，毕竟终于有了朱旺挑战空中走廊的照片。看着照片我就想，朱旺一定是挑战"望天树"空中走廊的第一条泰迪熊狗。

瞧，我多自恋。哈哈。

❷ 孤傲的瓷玫瑰

"中科院植物园"的票我是头一天从网上预定的，原价100元，网上预定90元。

从"望天树"出来，到达"中科院植物园"时是下午4点多钟。植物园门口人山人海，乱七八糟，像个菜市场。停车场的车辆东一辆西一辆，到处是卖水果和小吃的，乱极了。

一打听才知道，我预订的"中科院植物园"宾馆得从东门进，而在网上预订的门票，必须在西门换票，西门到东门要穿过勐仑镇。在门口，我好不容易找个空地停好车，抱着朱旺穿过人流，在西门换了票后赶紧开车穿过密密匝匝的人流前往东门。

"中科院植物园"宾馆240元一个标间，一个人住有些小贵，但想出来玩嘛，安全开心更重要。本来想去宾馆餐厅吃晚饭的，但菜品少还贵，便吃了碗自带的方便面。

西双版纳天黑得晚，植物园里很阴凉。吃完晚饭，冲了澡，带朱旺逛逛宾馆附近的各类小植物园。名人名树园，萌生植物园……好多名贵的花草，都有标签教你识别，有花有鸟，水里有鱼。环境优美，空气清新。这里就像一座大自然的疗养院，有足够多的氧气，有足够多的绿色，有足够多的湿润……我就想：或者和朱旺在这里多待几天。虽然240元钱一晚，但是我可能以后都抽不出时间再来这里，并且我是开了那么久的车来到这里。

有三三两两、男男女女的人在萌生植物园里写生画画，看上去年龄都三四十岁以上，一打听说是社科院的，都是从北京来的，已经在这里住了十多天。

因是北京来的，我一下子有些亲切，就想打听一下，像他们这么多人住这里会不会便宜些。结果一个男画家，看上去40多岁，爱答不理的，非常傲慢地瞟了我一眼说："外面60元就能住。没钱住外面嘛。"

我一愣，心想你真牛逼，可以在这里写生画画。

我抱着朱旺离开了。

在国树国花园，看到一种玫瑰色的花朵，非常漂亮。第一眼我以为是假花，它们一朵朵孤立在泥土里，就像人工插上去的一样，一枝只有一朵花。后来看了介绍，我知道这些花是真的，叫瓷玫瑰，喜欢独立地按照自己的方式成长，从不迁就他人。

我立刻爱上了这种花。

因它的特立独行。

第21天

回到西双版纳

"中科院植物园"，中国目前最大的和保存物种最多的植物园。

在西双版纳，流传着这样一句话，不去"中科院植物院"等于没有来西双版纳。当然，这话听起来有些自恋，但也说明了"中科院植物园"在西双版纳旅游业中的重要地位。

❶ 糟糕的橄榄坝

早晨，一切都那么清新。

有鸟叫，似乎还有草苏醒的声音。真的能够感觉到，在鸟叫之外有其他的声音。起床，来到窗前，阳光已穿透云层直射大地，一大片绿色映入眼帘，宽阔的草坪上跳跃着几只不知名的鸟，叽叽喳喳。

深深地呼吸，体味着空气中的湿润，草的呢喃，晨曦的光芒……感觉生活是那么美好！在这样的早晨。

只要我起床，朱旺必定寸步不离地跟着我，都不需要去寻找，知道低头时，它一定在脚边。

有时感叹，生活中每一件物品，每一样物质，每一个朋友，每一个阴错阳差……似乎都是缘分的结果。缘分注定今生这条小狗必定会在这个时候出现在我的生活里，陪伴我走过生命中一段时日。

朱旺非常喜欢这个植物园，它毛茸茸的小身子在草地上跑来跑去，很欢实，四个蹄子也瞬间湿漉漉了。

昨晚还决定在植物园再住一晚，但吃完早餐后就决定退房了，逛完植物园，晚上回景洪市里住。

在束河古镇，我给朱旺买了个铃铛，偶尔晚上出门时会给它挂脖子上。这样它跑到哪里听到铃声我就知道它在哪里。

在"中科院植物园"我给朱旺挂上了铃铛。其实也不怕它走丢，因为朱旺是永远不会跑离我的视线。它跑远一点，一定会回头看我有没有跟过去。如果发现离我太远了，它会自己跑回来。

"中科院植物园"目前开放的园林约20座。早晨人不多，和朱旺一个园子挨着一个园子逛着。朱旺没有见过如此大的园子，疯了似的在草地上奔跑，悦耳的铃声随着它的跑动在园区里"铃铃铛铛"……有时我担心它体力消耗太大，总想让它停下来，或慢慢走，但不行，它像兔子一样往返来回围着我打转。我就不管它了，想它要是累了，一定会回来让我抱。

百果园门前有卖菠萝和木瓜的，十元钱一个，切好放碗里。我买了一个菠萝，好大一碗，一个人很难吃完。哄着朱旺吃了一小块，很甜的菠萝，但朱旺不是很喜欢吃。

11点多的时候，西区基本逛完了，就剩东区的热带雨林和绿石林。

热带雨林因为在"望天树"风景区看过了，所以简单逛了下。绿石林人工的痕迹太重，加上也走累了，便不想逛了。

这个时候又感叹开车来的好处，不用自己背那么多的食物和水逛景区，而累了可以回到车上小歇一会儿，吃点东西，甚至可以找出毛巾擦把脸。

12点10分和朱旺开车离开了"中科院植物园"。

本来是打算一口气开回景洪市的，但又觉得时间还早，现在回景洪市干什么？客栈早就订好了，要不要去诺基山寨呢，或者橄榄坝呢？最后决定去橄榄坝。

现在不能再随便相信那什么窝网上的游记了。来西双版纳前，在那个什么窝网上，有人把橄榄坝形容得那个美，那个好玩。所以，我才决定去橄榄坝的，甚至想过在那里住一晚。但去了才知道，那个游记估计是花了钱写的。我亲眼看到的橄榄坝是一个人工的寨子，它旁边任何一个寨子或村庄都比它漂亮。

橄榄坝乱、脏、差，除了收费收钱，没有人想到真正的管理和服务。验票员、电缆车管理员等等一个比一个态度差。

编辑证虽然免门票，但进门后你不得不花40元钱买一张直接到达泼水广场的电缆车票。因为除了门口的验票区和泼水广场有点人工的建筑外，途中没有任何地方值得你停下来观看。

天气特别热，晒得人喘不过气来。带着朱旺来到泼水广场是下午两点，说是两点半有泼水表演。本来我也想，那既然来了，就看看泼水表演吧。

泼水广场不小，四周摆满了椅子，我正奇怪那些椅子为何都空着没人坐时，才知道，你要花20元买杯冰水才能坐下来观看泼水表演。

一气之下不看了，不就是个泼水表演吗。这么热的天气，朱旺都热得不行了，我也很热，再加上对这里的管理和乱收费很生气，便果断带着朱旺出了园子。

在橄榄坝外，给朱旺买了根冰棍，有些奶油，不确定朱旺会不会吃，但还是买了，因为太热，真担心它会热出病来。

将冰棍放在朱旺的水盆里，将车的空调开到三挡，嗡嗡的空调声很大，却不凉，这也是小排量车的不足。朱旺半趴在副驾驶座上，闻了闻盆里的冰棍，但没吃。我摸摸它的头，心痛它。"吃点儿，宝贝，没有纯冰的，这里的冰棍都带有奶油，吃点降降

很糟糕的橄榄坝，脏、乱、差，还乱收费。

温……"

　　沿着澜沧江往回开，沿途的村庄很漂亮。朱旺终于感觉到冰棍的凉意，在一点点地舔着。我有些放心了，摸着它的小身子时，它用脑袋顶我的手，或许是感谢我给它买冰棍吧。但它只是吃了一点点冰棍后就没有再吃了，它趴在副驾驶座上睡了。

❷ 又一个没有信用的客栈

　　告庄西双景的客栈是三天前通过网络预订的。订了两个晚上，我打算在西双版纳再待两天就去昆明，然后从昆明回北京。

　　我发现在西双版纳有这样的情况。好多客栈在网上登出客房信息，价格便宜性价比高。但等你预订了客房后，入住的当天就会有服务生打电话来说，你订的房间现正在装修或怎么着，有其他比你订的好得多的房间，给你便宜些行吗？来西双版纳前订的青年旅舍就是这样。这次订的告庄西双景的客栈也是这样。我订的标间118元，订房间依旧询问了是否能带狗入住是否能停车是否能上网等问题。都没问题后，我才订的。在开车去往告庄西双景的途中，一个男服务生打来电话说我订的房间没有了，但有复式套房，可以便宜给我。原价480，可以半价给我。

我谢谢他的好意，我说我一个人，每天有预算的，不能超支。我还说如果没有客房我马上通过网络再订其他家的，我记得告庄西双景里有好多客栈。但随后男服务员短信给我说有房间，让我直接开车过去。

之前并不知道告庄西双景是个什么地方，以为和大理、腾冲和顺看到的小村寨一样是一个农家屋性质的小村落。但到了才知道，告庄西双景是开发商重建开发的一个集饮食、娱乐、居住于一体的商业性村寨，纯人工建造设计，紧挨着澜沧江。

澜沧江真的很美，如果不是带着狗，我一定会沿着澜沧江来一次漂流。不过，带着朱旺沿着澜沧江边开车边欣赏风景也很惬意。有这么可爱的狗，有缓慢行驶的"朱二黑"，有远远一望无际的澜沧江，有沿途漂亮的村寨……其实发现，这段省道如果骑车顺着澜沧江游玩也一定很有意思。省道比高速舒服，有很多高大的芭蕉树，有树荫遮阳，沿途任何一家村寨都比橄榄坝漂亮百倍。有的家门口贴有住宿客栈的字样，还有电话，相信驴友们一定能在这条澜沧江边找到自己快乐的旅途。

很幸运，不过 4 点就找到了客栈，但当我停下车抱着狗进入客栈时，却被一位中年女子拦住了。中年女子得知我预订了房间后，说只有 480 元的房间。我愣了半晌，燥热的天气，开车的疲惫……我让自己冷静。拼命回忆来这里前接到的那位男服务生的电话和短信，我拿出手机，给中年女子看短信。中年女子推开我的手机，毫不客气地说，要住就住 480 元的房间，并且客栈不准狗进。我有些气愤，店堂里，分明看到一位年轻男子低下头然后悄悄地离开了。我猜他就是给我发短信的服务生，他一定是打工的，他对此事一定无能为力。

朱旺不知何故突然冲着中年女子大叫起来，声音很凶，中年女子皱着眉头说："出去，出去，我们客栈不欢迎狗！"

就这样，我和朱旺被撵出了客栈。

而离开时，分明看见客栈院子里拴着一条小狗。

真想冲进客栈冲着中年女子大吼两句，我是事先征求你们意见了的，同意了带狗入住我才订的房。

但终究还是抱着朱旺来到车前，深呼吸，想没什么大不了的，一路上也经历了不少事，路途还长着呢，人生还有很多的路要走。

"一切会好起来的，会有地方收留我们的。"我摸摸朱旺的头，"我们有车，大不了我们睡车上。"

相信，无论生活多么糟，一切会好起来的。

开着车在告庄西双景里小转了一圈。这是个新修的寨区，离市中心远，交通也不是特别方便。所以生意并不好，空的客栈其实很多，这就是为什么刚才那家客栈希望我住贵的房间的缘故。

很快找到一家年轻人开的客栈，一个标间 138 元，很干净的被子和床单。

我喜欢年轻人开的店，热情洋溢，拉着你喝普洱茶，给你介绍很多周边的景区。唯一不足的是，在这里，车要停在路边。不过，还好，这是个独立的新建的旅游寨子。来的人还不多，车放在外面应该安全。

还有一周时间就回家了，保佑一切都好，保佑让我平安到家。

晚上在客栈餐厅里吃了饭，年轻的店主推荐我喝一种缅甸黑啤。

客栈提供的黑啤和食物都不错，年轻的店主很能聊。后来，又来了两个客人，大家一起聊天、喝酒，心情不错。

所以，要自信，相信一切都会好起来。

第 22 天

害怕一个人开车回家

早晨做了个梦，梦到在武汉的家里，和妈妈姐姐们在一起。看来是想家了，想武汉的家和家人。北京的家只是一套房子。

梦醒后，手习惯性地往下探，睡在床边的朱旺立刻从窝里走过来拱我的手。它知道我不安。我摸摸它的小脑袋："有你真好！"

朱旺已俨然成了条杂毛狗，毛长了。我后悔没有带把剪刀。不然，可以帮它修修身上的毛。

带朱旺出门。依旧是热和潮湿。告庄西双景没有什么人，空旷的街道，店铺都关着门。和朱旺慢慢走着，给它拍照，看它快乐的样子，走走闻闻，很是安慰。

在一家山西刀削面馆里我叫了一碗刀削面，特地叮嘱伙计要牛肉的。但其实上来的刀削面里就两片肉，面条还极难吃。将两片肉用水冲冲给朱旺吃了，勉强吃了两口面条又和朱旺逛街去了。

告庄西双景大金塔博物馆是告庄西双景里一个风景区，因为刚开发不久，有些地方还在修缮。大金塔博物馆不准狗进，所以我也没进。保安说可以把狗拴在门口，但我不想和朱旺有任何短暂分离，特别是在临近回家的时候。

刚过 9 点天气就热得不容你在外面多待。还好今天并不想去哪里玩，只想休息，只想放松。

告庄西双景门口就有卖菠萝的，突然想买些菠萝带回北京，带

早晨，乖乖蹲在被子上「监视」我的朱旺。

给朋友们吃。于是在每辆车前挑选侃价。我有印象在北京曾买过这样的小菠萝，一个就得四五十元钱。而现在，我买了七个小菠萝和两个菠萝王，只花了65元，很满足和得意。

回到客栈，泡了一杯茶，和朱旺带着零食在客栈的院子里。窝在躺椅里，玩iPad，看新闻，发微博。朱旺还是那样，我坐下后，那一圈地盘就是我们的了，只要有人过来它就叫，不准任何人靠近我们。还好，客栈里住客不多，仅有的一个服务生在店堂里打盹。

中午，在客栈里吃了午饭后，睡了一觉。下午，在房间里整理照片、写游记时，突然听到轰轰的声音，不敢相信，下雨了，我要离开这里，却下雨了。

雨后天气凉快了些，但很快又热了。

客栈院子里多了个狗笼子，年轻老板刚买的两条小狗：一条刚满月的哈士奇和不足两个月的拉布拉多。隔着笼子，两个小家伙和朱旺玩了一会儿，朱旺就觉得没意思了，想走动，于是就带它出门了。

晚饭和朱旺在一家傣族饭馆里吃的，点了香烤草捆鱼、一份青菜、米饭和一瓶啤酒。草鱼很小，我搞不懂那么小的草鱼他们从哪里弄来的，比手掌大一点。真想问店家，还能找出比这更小的草鱼吗？

吃饭的时候，发现好多客人都是旅游车带来的，看来这个地方还需要导游引导才会有人来吃饭来玩，那么这个导游费用一定不低。

其实我没有在西双版纳购买首饰的欲望，我也不相信这里能买到什么好玩好看的首饰。但吃完晚饭瞎逛时，竟然发现一家小店。店主是个20来岁的漂亮女孩，穿着条简单的花裙子。她说大部分首饰都是她自己买回散件制作的。生意不算好，因为这里人流不多。女孩右手臂上有一大块烫伤，特别明显。她告诉我小时候粗心的爸爸用高压锅煲粥时，一不小心一锅粥烫在了她的手臂上。她说那时只有五岁，什么也不懂。我说为什么不穿件长袖挡挡疤痕。她笑了，撇撇嘴说，无所谓了，都这么久了，谁在意啊，反正她不在意。

我在她店里挑了两条项链和一个戒指，项链是用草编的，戒指是有机玻璃的，共花了182元。离开时，她告诉我，我是今天唯一的客人。

回到客栈时，天都黑了。告庄西双景的夜景很漂亮，傣式小楼，花园院子。

网上有一个女子和一群人开车也是从北京出发，到了尼泊尔。现在她在大理，要回北京了，但她不想开车回去了，她打算坐飞机回北京。她在咨询哪里能帮她将车运回北京，或者谁能帮她将车开回北京。

我很理解她。因为突然间，我也很恐惧，虽然明天只是去昆明。可是，随后，我又要一个人开车回北京，要开那么久，要走那么远，漫长的旅途，一个人。我理解那个女子要将车开回去的困难。因为现在我也害怕了，我要怎么将这辆车开回北京呢？

我纯粹是下意识地将电话打给了闺蜜，我开玩笑地说，来西双版纳吧，坐飞机来，飞机票算我的。我还可以陪她在西双版纳玩几天，然后我们一起开车去昆明，一起回北京。我说你还没有开车旅行过吧，很好玩的。来试试吧。反正马上"五一"了，有假期的。

闺蜜说："现在才邀请我，我才不去。你自己好好玩吧。"

我没告诉闺蜜，我害怕了。当然，我也没有告诉任何人，我害怕了。不是害怕旅途中的危险，而是害怕我没有勇气和毅力一个人开车了。我希望有个人和我一起开车回北京，哪怕她只是坐着，陪着我就行。

我好害怕一个人开不回去了。

出了房间，下了楼，胡乱在院子里转着。年轻老板见我不安的样子，问我有什么需要。我问他哪有卖狗粮的，因为朱旺的狗粮不够吃了。年轻老板很痛快，拿出他刚买的一大袋狗粮，说："随便抓吧，我刚买的。"

于是蹭了点老板的狗粮回房间。

淡定，坚强。没有什么困难能打倒我！一定可以将车安全地开回北京。

一定的，一定会平安回家。

二十四

第 23 天 538 公里

美丽而舒畅的高速行程

　　睡了一夜后，心情好了许多。其实一直知道有些事情不可能逃避，必须亲自面对。所以有时没有退路更好，知道这条路肯定是一个人要独自走下去。没有依赖，没有期望，反而更淡定更果断。

　　起床后洗澡带朱旺出门上厕所。西双版纳清晨的空气清新自然，略有些凉意，但都恰到好处。朱旺像是明白今天要离开这里，上了厕所后就迫不及待地往客栈里走，上楼回房间，然后很乖地蹲在床边，看着我清理行李，我的包，它的包。接着跟着我搬行李上车，看着我清理车胎里的石子儿。

有它真好。上帝或许真是有意安排它在我身边。

经过一天的休整，我和朱旺都恢复些体力和精神了。

在客栈里吃了早餐后，不到 7 点我们就出发了。

告庄西双景紧挨着高速入口，算是景洪市的门户，所以我们很快就进入到高速路。

五天前到达西双版纳时是傍晚六七点钟，当时走这条昆磨高速时我就感叹这条路与其他高速路的不同，一路都是风景，休息区都是景区。那天看到的是夕阳的美景。

而今天，离开西双版纳是清晨。清透的阳光弥漫整个大地，晨雾在林间起起伏伏，朵朵白云飘浮在湛蓝的天边。开车行驶在昆磨高速西双版纳路段是非常幸福的。

整理行装，今天去昆明。

这是一段美丽而舒畅的高速行程，山连着雾，雾连着山。穿过山时，也有隧道，但都不长。并且，出了隧道迎面而来的是如画般的景色。你根本不觉得是行驶在高速路上，仿佛在美丽的森林间游走，飘浮如梦，恍若仙境。时而你还能听到鸟叫，清脆的声音在林间回荡。这时，音乐都是多余的，眼前闪过的美景就是背景，闪过一段又出现一段。真的就像做梦一样，脚下意识地在油门和刹车区游走，不愿意相信是真的，不敢确定自己真的来过这里。突然就有些不舍，有些感动，有些想落泪，还会叹气，就要离开这里，就要回家，又要面对熟悉而陌生的人。

要生活下去，要走完这段人生。

只是，西双版纳的魅力，你离开时的不舍。

梦会开花的地方，必须离开了……

一路上，朱旺很乖，估计也是被美景感染了。因为景色太美，而我们又要离开了，所以，每个休息区我都和朱旺停下来观赏片刻。这段路我们开得很慢。

出了西双版纳路段后，风景渐渐没那么好看了。车速也快了起来，朱旺也到后座上睡觉去了。

在一个不记得名字的检查站，有武警拦车检查，所有的车都要检查。但对小车的检查并不严厉，通常看一下司机和乘客就放行了。

我因一停车朱旺就叫，我就拿着各种证件下了车。心想检查嘛，我积极配合，要看什么证件就给什么证件。大概也因为我下了车，所以，两名武警围了过来。我的精力在前面那个检查证件的武警身上，没有注意到后面那个武警。

我向前面的武警介绍我的证件，什么身份证、驾驶证、编辑证、狗证……突然朱旺撕心裂肺地叫了起来，回过头，才发现另一名武警已打开我的后车门，拿着我放在车后的那两个菠萝王有些爱不释手，掂量着看看狗看看我又看看菠萝，那表情我很明白。我知道菠萝怎么也不会成为违禁品不能带离西双版纳，但我也很理解武警同志们，都是正常人嘛，我也经历过不少事了。我对那名武警说："查，随便看，你们看我放心，我最相信的就是你们了。"

我说完这话，那名武警有些不好意思，拎着菠萝王的手有些尴尬，但又不确定是拿走还是放回。这时，前边的武警走过来，他似乎年龄大些，手里还拿着我的证件本。他指着编辑证问："这个新闻出版署是你的单位？"

我很放松很坦荡也很自信地说："新闻出版署不是我的单位，我的单位是中国作家协会，我是编辑。"我想了想又说，"当然，我也是个作家。"

"噢。"这名武警似乎明白了，冲着拿菠萝的武警，"她是作家，是编辑，没问题了……"

于是，菠萝王又回到了我的车上，我谢过两位武警，上了车，摸摸朱旺，开车离开。

昆明市不大，到达时是下午 3 点 12 分。

昆明市区像个工地，很多地方都在修路，盖房子，建高楼，挖地基。

昆明市的道路也不算宽广，路标很乱，手机导航仪经常说前方

100 米右拐，但开了一公里也没有看到右拐的路口。在这里问路，很多人都摇头。于是我打电话给酒店，酒店服务生却让我打车过去。我说我开车来的，服务生说你可以不开车来嘛。

哭笑不得，只能安慰自己继续寻找。

在我找路问路打电话的过程中，朱旺难得的安静，也没有乱叫。看来这小家伙知道这个时候叫只有挨打的份儿。

终于有人知道酒店在哪里了，下午 4 点 20 分我到了预订的酒店。

酒店新建的，估计是车库改的，因为旁边就是地下车库。这倒方便我拿取东西。房间很干净，很大的两张床，118 元一晚，但宽带说是这两天坏了。我很着急，决定明天换一家酒店。

昆明街上好多餐厅。一家很大的川菜馆，服务生很热情，要我进屋去坐，但我坚持坐外面，因为带着朱旺。

点了一条香辣茴鱼、一盘酱烧茄子、一瓶啤酒、一碗米饭，53 元。这大概是我此次旅途吃得最实惠最好吃的一顿饭了，也是出行以来吃得最饱的一顿饭。

吃完晚饭借酒店大堂的电脑上网重新订了家有宽带、离高速路近的酒店，没有网络对于我很不方便。

回房间看地图，计划哪天回北京。4 月 29 日高速免费，我想是不是等到 29 日那天再开车回北京呢？

今天是 4 月 26 日，一个人一条狗一辆车，朱燕和朱旺北京自驾云南的第 23 天。车已行驶了 5000 多公里，明天，要给车做个检查，以保证回家时良好的车况。

二十五

第 24 天

归心似箭

昆明，春城。四季如春，干燥少雨。

其实和朱旺一来到昆明就感觉到这里的气候温和湿润。

酒店里提供有早餐，很简单，米线和鹌鹑蛋。我把米线吃了，带了几个鹌鹑蛋回房间给朱旺吃。但朱旺似乎不喜欢吃鹌鹑蛋，所以早晨它什么也没吃我们就出发了。

在北京时，就打电话咨询过昆明的铃木 4S 店，确定这家 4S 店可以免费给吉姆尼做检查。来昆明前，我再次打电话给这家 4S 店确认，并预约了今天来给车做检查。

　　找这家 4S 店挺顺利。4S 店接待我的客服和所有的 4S 店客服一样，一心想让我多花点钱在这里，一会儿建议我清理气门，一会儿建议给车做个保养。这些我都理解，其实我也想到了要给车做个保养，毕竟已开了 5000 多公里。我请客服帮忙算算，在这里做个小保养大概多少钱。客服就去找人算了。

　　替我检查车子的是位王师傅，他检查得很认真。

　　一会儿客服跑过来告诉我做个小保换机油机滤清洗气门等 1600 多元。我感觉似乎比北京贵，便决定回北京再做保养。我说我的车性能好，一路上都没出什么毛病，帮我检查下车灯刹车等就行了。

　　这个客服一下子就有些不高兴了，脸也唬了下来。检查完车子后，一直不给我车钥匙，不让我走。我问他为什么。他说你知道你给我惹了多大麻烦。

　　我一直在赔笑着，我不明白我能给这家 4S 店惹什么麻烦。我说免费检查不是你们的优惠项目吗？北京的 4S 店这类检查也是免费的。何况事先我都打过电话确认了才来的。我又说，你告诉我检查要多少钱，我给你。

　　客服并不理我，皱着眉头，拿着我的车钥匙进了一间办公室后就不见了，很久也不出现。

　　王师傅人很好，估计他只是个工人，在这里没有话语权。他小声说："我们是有免费检查这个项目，你去找一下经理。"

　　但我不想离开我的车。

　　我抱着朱旺在车前等了有一刻多钟。我对所有路过的人都笑着问接待我的客服去了哪里。我说他拿走了我的车钥匙，我也告诉路过的工人或其他客服，我说我是一个人从北京开车到这里的，我说来这里是冲着这家昆明最好的 4S 店来的……我说我只是一个女人，在这里人生地不熟……其实，我的真实意图是想告诉他们，不要欺负一个外地来这里的女人，一个没有任何反抗力的女人。另外有一点我始终相信，多数人还是善良的。

　　果然，我絮絮叨叨了一圈后，那个接待我的客服不知道从哪里又冒了出来。他的态度一下子好极了，冲我满脸微笑，将车钥匙恭敬地递给我说："您可以走了。"

　　我愣了会儿，拿着车钥匙也没敢走，只是傻傻地看着他。我刚才真是吓着了。

　　他又说，是他的总经理让我走的，并祝我一路顺风。

　　我松了口气，离开这家 4S 店时，心里还有余惊。估计是我站在那里絮絮叨叨让总经理有了恻隐之心。是啊，干吗为难一个女人，多大的事，不就是免费检查了一下车子吗？

　　从 4S 店里出来，我决定明天就离开昆明回北京，没有那么多的幸运，我现在只想平平安安地回到北京。

　　当决定回北京的刹那，我已没有任何游玩的心情，只想回北京，回家。

　　现在，我归心似箭。

　　预定的酒店在盘龙区，一路上穿街走巷。如果说昆明西山区是个工地的话，那么盘龙区就像个废墟。到处都是坑，到处都是围起来等待挖坑的工地。找酒店也是费了老劲儿,很多路标都是错误的,最后问了两个骑摩托车的男子才找到了我预订的酒店。然而,当我抱着朱旺进入到酒店时,一个50多岁的男子拦住了我,说酒店不准狗进。

说真心话,此刻我有些烦了,酒店客栈不准狗进,我都理解。所以,我才会在预订酒店前确定是否可以带狗入住。可以我才预订。这家酒店也是这样,我昨晚再三电话确认,同意带狗入住我才预订的酒店。而现在我开车来了,却告诉我不准狗进。不行,我今天偏要住这里。

我跟这位50多岁的男子理论,我说如果不准狗入住,我预订时就应该告诉我,那样我会订其他酒店的。这位50多岁的男子大概看我是个女人,不想和我理论,找来了前台经理。

前台经理一看就很老练,他告诉我那位50多岁的男子是酒店的副总经理。他不知道预订酒店的事,而预订酒店都是他在负责。

我才不管什么副总不副总,反正我预订时说是可以带狗入住的,为找这家酒店我费了老劲儿,花了两个多小时才找到这里,现在不准我入住,不行!

前台经理一直很客气,他说他本人倒不介意狗入住酒店,只是副总都看到我了,他再让我入住副总会怪罪他。

我不吃这套,我今天就不服这口气了。

前台经理见我不走,坚持要住这里,想了想,让我先把狗锁车里,办了入住手续,等副总下班后再带狗进房间。

我看着前台经理,想这倒是个折中的方法。我说行,但不会等我办了入住手续后,又有其他人不准狗进酒店了吧。

前台经理说不会，他说 5 点后领导们都下班回家了，这里就他一个人负责了。然后，他又想了想说，或者我办了手续后，可以从地下车库里坐电梯直接去房间，这样，就不用将狗锁车里了。

这是个很不错的前台经理。我就按他的意思办了。办了入住手续后，带着朱旺从地下车库坐电梯到了房间。

经过一天的折腾，我有些累了。本来已没有进食的欲望，但想着明天的路程，还是想强迫自己出门。在酒店旁的一家快餐厅买了鸡排和手抓饼带回房间，给朱旺吃了一块鸡排，又喂它吃了些狗粮。告诉它，明天我们回家了。

今天是出门的第 24 天，今天第一次吸烟，想着这一路的旅程，想着要回家了，心情突然很沉重。

电视里在播放一部《神秘岛》的电影，没看到开头。电影里找金子的爸爸安慰八岁的小女儿说："我们想要的都会有的。"

是的，做好我们自己想做的事，我们想要的一定都会有的。

晚上 10 点多，就和朱旺睡了。

明天，我们回家。

二十六

第 25 天 520 公里

夜宿二铺征费站

昆明—北京。2655 公里。

2013 年 4 月 28 日，一个人一条狗一辆车，北京自驾云南的第 25 天。今天离开昆明回北京。

夜里也睡得不踏实。估计是来了个旅行团，走廊上不断有人说话，吵吵闹闹。走廊上有人说话，朱旺就会跟着叫，虽然声音不大，但弄得人无法入睡，很讨厌。后来，好不容易睡着了，而那个旅行团很早又出发了，走廊上又是他们呼来喊去的声音。

四五点钟后，走廊上安静了，我稍迷糊了会儿，做了些乱七八糟的梦。

早晨 6 点起了，洗漱收拾行李。将酒店送的牛奶给朱旺喝了点，我吃了昨晚剩的手抓饼，6 点 40 分，我们上路了。

出了门就发现有些失误，今天虽然是周日，但因为"五一"放假，所以这天是上班的日子。

马路上全是车，堵得很厉害，知道自己赶上了早高峰。也不急，我住的酒店离高速不过五六公里的路程，堵就堵吧，但十分钟后我就快急疯了。导航仪提示高速路前方向左拐，但因为修路，不准左拐。于是我想在下一个路口调头回来，可到了下一个路口提示只能右拐……就这样，七拐八拐我都不知道自己拐到哪里去了。几

五六公里路，近四个小时，我才进入高速……我快疯了。
（行车记录仪拍）

乎前方所有的路都是不准调头，不准左拐，我真要疯掉了。到处是车，汽车、自行车、摩托车，人流车流……没一个地方是我熟悉的。导航仪又不断提示左拐，前方多少米再左拐……后来我彻底迷路了。

朱旺今天也很反常，不停地叫，扯着嗓子喊。本来问路找路就烦，听到它叫更烦，几次狠下心来想打它，又不忍心，于是它更加肆无忌惮，在车里蹦来蹦去，前后乱叫。我实在忍不住抓住它的脑袋打了两下。它稍好些，但还是叫。

在一个路口，导航仪又让我左拐，可我刚一拐，交警就拦住了我。

靠边停车后，朱旺依旧使劲地叫。我忙下了车，不等交警问我，我先开口问他怎么上高速，我要回北京。

交警大概没见过我这样的，下车不先承认错误却问起路来。

"知道这里不准左拐吗？"交警说。

"师傅，提示是不准调头吧？"我指着交通指示牌说，"再说了，我快疯掉了。我已经找了一个多小时，都没找到高速入口。"我正说着，又来了一个交警，上下打量着我，又看看车里乱叫的朱旺。

"一个人？"那个交警问。

我点头："你们帮帮忙，告诉我怎么上高速？"

也是因为我是一个女人，又带着条乱叫的狗，再加上早晨人多车多交警工作繁忙，不愿意跟我纠缠。那个交警指了指前面："向前直走，下一个路口可以左拐。左拐后一直走，就能上高速。"

交警说完，我忙谢谢。交警懒得搭理我："快走吧，这里不能停车。"

我上车就离开了，直奔前方。果然，下一个路口可以左拐。

8点03分，终于找到了泸昆高速的路标。我都想哭了……

上了高速就不怕了，到加油站休息片刻，上了卫生间，喝了些水。又听到朱旺的叫声，觉得应该管制一下它，教育一下它这种不好的习惯。哪有坐车就叫的，真是让人烦。

在加油站，我故意将朱旺扔下车，并关上车门，我坐在车里从后视镜里看它。它不急也不跑，只是蹲在车前。我也不敢开车，怕轧着它了。

我们对峙片刻，朱旺看我不开车，往车后跑，这时，我发动车子，故意向前开了一点，似乎要扔下它的样子。我从后视镜里看它的表情。它还是不急。有人远远地看着，不明白我们要干什么。我想，也教训得差不多了，于是下车抱起朱旺，说："再叫就不准你上车。"

我以为朱旺会害怕我扔下它，结果开车时它还是叫。我好生气，直接在车上就打开车门扔下它，我看你这回还叫不叫。

我坐在车上看着车下的朱旺，小小的身影端坐着，偏着头看着车上的我，一脸无辜。我更生气了，开着车走了，但发现它没跟着，还蹲在那里。于是我又开了回来。打开车门，它就跳了上来。

我说："再叫，就真的扔下你了。"

朱旺不再大叫了，我以为它明白了。我继续向前，但再进入下一个服务区时，朱旺又狂叫起来，好烦了。进入服务区，我第一件事就是把它扔下车，然后不许它跟着我。我故意不理它。朱旺知道我生气了，跟我保持着距离，远远地蹲着还是一脸无辜，但很乖的样子。旁边有人走过来看着我，大概以为我要抛弃这条小狗，想逗朱旺。朱旺冲他大叫跑到我的脚边，但只是蹲着，依旧一脸无辜很委屈的样子。

我突然没辙了。我抱起朱旺，它立刻将头埋在我怀里，舔我的手。我想，它可能并不觉得叫有什么错，大概还觉得我有病，觉得我在欺负它。它很委屈。我也觉得自己有病，不就是叫吗？我摸摸朱旺的小脑袋，我妥协了。想叫就叫吧，爱怎么叫就怎么叫。

到了下午，我就开始琢磨晚上住哪里的问题了。

4月29日就放假了，高速就免费。所以，我就想早一点出高速，找个地方住下来，明天一早再上高速回家。

进入贵州的时候，天阴下来，后来下起了雨。5点多，在贵阳的一个叫二铺的地方，我出了高速，打算在这里找家酒店住下来。

但出了高速后发现，这个地方稍好点的住宿要往城里走。我有了早晨在昆明找高速的经历，有些不想往前走了。有四五辆车在高速入口处停靠着，他们要去西安，但准备过了12点才进高速，那时候高速免费。

于是，我也打算在这里等过12点再进高速。

高速路旁边有个二铺征费站，是收费站值班人员办公的地方。我看到车里的食物还够吃，就不想再往城里跑了。我开车到二铺征费站前，对门口的值班人员说："我是一个人，想过12点再进高速，能不能在征费站里休息会儿，外面怕不安全。"

其实真的是好人多，按常理人家办公的地方，怎能随便让你进去停车休息？但那位值班人员就是让我进去了，还告诉我办公楼里有卫生间和水，我可以休息到明天早晨再走。

二铺征费站里面很大，很干净，绿化也不错。我停下车后，带朱旺转了转，上了卫生间。然后拿出食物和朱旺坐在停车场的台阶上休息吃晚饭。朱旺很奇怪我为什么不住酒店，这一路旅途，它似乎觉得晚上住酒店更好些。

"这种流浪的生活你不喜欢吗？"我问朱旺。

它偏着脑袋看着我。当然，二铺征费站环境不错，所以，在这里休息也很不错。

朱旺很乖，吃了些狗粮，然后我们上了车。我脱了鞋在车里看iPad下载的电影。朱旺趴在后座上睡觉。我给朋友们打电话，很得意自己现在的状态，说我和朱旺现在就像两个流浪汉，在外流浪。

我都习惯了这种车里的生活，这种在路上的生活。现在，我、朱旺、"朱二黑"真正融为一体了。

第　　　　　　　　　　　　　　　天

992 公里

第 26 天 992 公里

大雨滂沱的高速路

其实进二铺征费站时的初衷是想省两个高速费，晚上 12 点后再上路，但进了二铺征费站后发现这里环境不错，也很安全，便想睡到天亮再出发。

4 月 29 日，凌晨 3 点钟醒来，原是打算上个卫生间后接着再睡，但却睡不着了，于是干脆不睡了，洗脸刷牙，3 点 25 分开车出了二铺征费站。这里有一点很过意不去，出二铺征费站的时候，值班人员都睡了，安全门拦住了去路，我下车敲着保安室的大门。

睡眼蒙眬的值班人员不得不起床给我开门。值班人员看着我说："这才3点多,不等天亮吗?"

"不好意思,打扰您休息了。"我说。

"没事,接班就知道你在这里。"值班人员打开大门,"开车慢点,进去之后有两条路,往西安方向那条路走,别走错了。"

心里突然特别温暖,我还是进门的时候问过另一位值班人员往北京的方面怎么走,当时,那位值班人员给我画了一张图。但很显然,交接班时,那位值班人员转告了这位接班的值班人员我的事。另外,现在我也明白了,之所以我能在二铺征费站里畅通无阻,是因为大家都知道我在停车场里留宿,都在暗地里关心和保护着我。

所以,一定要相信这个世界上还是好人多。

进入高速后,果然,如值班人员说的前面有两条岔路,如果不清楚很容易选错了,那将又开回到昆明。

凌晨很凉,高速上车不多。上高速不久就感觉到有雨滴往下落,滴滴答答的。我也没在意,这个季节下雨很正常。3点50分到达高山服务区,停了车,我给车加油,泡了碗面,并喂朱旺吃了根火腿肠。这个时候,雨还在下着,我犹豫要不要等天亮再出发。但歇了会儿后,我还是决定上路了。

结果上路后,刚才的小雨点突然大了起来,先是打着车顶"噼噼啪啪"的,接着雨越来越大,远远的有闪电,接着听到轰隆的雷声,天像破了一样,雨水"哗哗"地往下倒着。雨刷器拼命地刷着,高速路上又没有路灯,仅凭着车灯几乎看不清前方。心里有些发慌,但仍提醒自己冷静,越是突发事件越要冷静。

　　高速右边有匝道，想停在匝道上，等雨稍小后再开车。但又一想，高速路就两条并行的道路，匝道也不宽，这么大的雨，万一大车过来打滑撞着我怎么办？于是，硬挺着向前继续开着。看到有几辆小车停在匝道上，还有大车停下，想必都是被这瓢泼大雨吓住了。

　　雨更大了，车顶的雨水似长江决堤般往下淌着，车窗已经模糊了。这样下去可不行，朱旺也在座位上直直地站着，估计是我的情绪感染了它。"到后面去！不要挡着后视镜！"我大声吼了它一句。其实它并没有挡着后视镜，但这个时候我特别想发泄一下。

　　朱旺顺从地到后座上去了，但仍直直地站在后座的包上，我从后视镜能看到它紧张的神情。

　　我继续往前开着，高度警惕。高速上肯定不能停车，我得找个

大雨滂沱中的高速路。

出口下高速。正想着的时候，有路标提示前方5公里是服务区。太好了，我喘了口气，打右转向灯并线到右车道准备进服务区。

进服务区时，朱旺难得地一声不吭，我顾不上它，找一个空地停下车，人这才渐渐放松下来。朱旺跑到前座拱我的手，我搂住了它："刚才太危险了。"

朱旺舔我的手心，仿佛在安慰我。

"睡会儿，等雨停了再出发。"我说着将座椅背调平，准备躺下。朱旺特别奇怪地看着我。我摸摸它的脑袋，"你也看到了，下大雨了，我们肯定走不了，睡觉，等雨停了再出发。"正说着，右边快速来了辆白色SUV，车停后也未见人下车，估计是和我一样的想法，先睡觉，等雨停了再出发。

"看看，大家都停车睡觉了，你也睡会儿吧。"我说着躺下闭上眼睛不再理朱旺。感觉朱旺略站了一会儿后，在我的手边躺下了……

一觉醒来，7点了，右手边的白色SUV早已不在了，前方一位清洁工正在用钩子清理地上的塑料袋。雨停了，地很湿。我连车都没下，调正座椅打着车子。前方的清洁工吃了一惊，大概是没想到车里睡着有人。朱旺也没反应过来，以为我醒了它能下车玩会儿，此刻见我要开车了，习惯性地要叫两嗓子也没叫出来，仅发出哦哦的两声，我们就开车上路了。

睡了一觉后人舒服多了。略开点小窗，风很凉，又关上了窗。

朱旺显然对没能下车活动很不爽，开始哼哼，我懒得理它，以我对它的了解，它不至于这一下没上厕所就憋不住。

趁现在精神好，多开会儿，也可以想点心事。

就要回家了，恍惚觉得做梦一样。今天是出门的第 26 天，第一天是怎么上路的？一个人一条狗一辆车，一路上开车下车住店订房看风景想心事。似乎也没什么特别，没有风景介绍，没有旅行攻略，一个人和狗絮絮叨叨、啰里啰嗦。想到狗，我摸摸副驾驶座上的朱旺，它立刻配合地站起拱我的手，我知道这一路上，它习惯下车玩耍上车睡觉，它似乎已习惯了在路上。

"回家，你能习惯吗？"我问朱旺，"一个人在家，一个人玩耍，每天最快乐的就是我回到家里。"

"狗的适应能力很强的。"我其实是在自言自语，一个人如果长期不说话也会生出毛病的。所以，我也习惯了自言自语，很多时候仿佛是说给朱旺听的，其实我只是想说话。

又看到前方有服务区的提示，于是打转向灯，朱旺条件反射地坐起，"哼哼哼"地准备唱歌。后来，回到北京，有时就是打转向灯，但它一听到"哒哒哒"转向灯的声音，就要站起，以为服务区到了。

快进入贵阳的时候，雨又开始下了，一下子就很大，天空就像洗澡一样，"哗哗哗"的。尽管是白天，可视度比凌晨高了许多，但我开得依旧小心谨慎。不敢跟在大车后面，因为大车车轮卷起的雨水常常像雨雾一样遮挡着我的前窗，一下子只能看见模糊的大车身影。这是很让人害怕的景象，所以，遇到大车时我尽量超到它的前面。但有些小车更可怕，这么大的雨，一点也不减速，常常贴着你的车超车，"嗖"的一下，你吓得只能轻踩刹车，让它超过。

一切以小心为主。

4月29日这天几乎都是在雨中行车，大雨断断续续下了一天。进入陕西地带，雨小了许多，但仍飘着细雨。下午5点，我开始考虑是下高速还是在服务区里找酒店入住。最后为了赶路，也怕下了高速找酒店不安全，更怕找回高速时迷路，我决定就在服务区里找酒店入住。但发现很多服务区并不提供住宿。这时就感叹中国发展太快，高速公路汽车旅馆服务还没有跟上来。

晚上6点天就有些黑了，但我并不着急，这一路旅行下来胆子大了许多。我想最差不过就是在车里再睡一晚嘛。其实我还真有想在车里再睡一晚的想法。按现在的速度，在车里再睡一晚，明天就到北京了。

晚上7点到达陕西地界柞水服务区。这里很大，人和车都多。

柞水服务区有单独的酒店，但离服务区有百米远。酒店人不多。一个服务员在前台接待，问她话想半天才回答。比如：

"车停门口安全吗？"

"啊……我们不负责看车的……"

"可以带狗入住吗？"

"嗯……你等会儿，我问问经理。"

"经理在哪里？我直接问好了。"

"啊……嗯……他回家了，下班了……"

一家几乎无人居住的酒店，门口昏暗的灯光，和一个什么都不能及时答复的服务员，我已经没有入住这里的欲望了。相比之下，感觉服务区里比这里还安全些，至少我能亲自看着车，服务区的灯光也比这里亮堂，人气更比这里旺。

决定回服务区，抱着朱旺离开时，它竟然"汪汪汪"冲着我大声叫起来，吓得女服务员一哆嗦。

将车又开回服务区，挑选了一个灯光很强的路灯下停住，下了车，活动下筋骨，告诉朱旺今晚我们就住车里。朱旺偏着头很不高兴。

我找了一块稍干（因下过雨，地是湿的）的地方，将朱旺的饭盆水盆拿出，倒上水和狗粮给它，我也拿出食物边吃边示意朱旺也吃。这几天，朱旺吃狗粮很乖的，倒上就吃了。但今天，它只是端坐在一边，偏着脑袋，看两边看我就是不看狗粮。这个意思我懂，不想吃狗粮。

嗬，这是临要回家又开始挑食了？

我拿了些鱿鱼丝给朱旺，它依旧不吃，这次干脆偏着脑袋连我也不看了。总有人和车走过、经过。我想这样不行，它不吃东西身体扛不住，并且，我俩这样在人来人往的路灯下也很不安全。

我和朱旺搬回车里，这样就没那么引人注目了。朱旺却不愿意上车，抱上去跳下来。关上车门它就站起趴在窗前看着窗外，不理我，也不看饭盆。

"你什么意思？"我抱过朱旺，它哼哼着。

"不舒服？肚子痛？想家了？"我摸着朱旺，它似乎一下子找到了撒娇的机会，窝到我怀里哼哼着。

"我知道你的意思，不想睡车里，想住酒店是吗？"我摸着它说，"昨晚就是睡车里，今天又睡车里，你不愿意是吧？"我把朱旺抱到眼前："问题是，老子也是睡在车里，老子比你个头大多了，老子都没觉得不舒服，你还有什么意见！再说了，这不也能省点吗？"

也不知道朱旺是不是听懂了我的话，反正我说完后它不叫了，但还是不吃狗粮。车里已没有它爱吃的火腿肠了。我下车，去餐厅买了根烤肉肠，尝了一下，味道不是很咸，便拿回车上放进朱旺的饭盆里了。

肉肠很香，朱旺闻了一下，大概还在生气中，看了我一眼后，到后座上去了。嚯，跟我玩这套。我不理它，开始记账、写日记。又过了一会儿。朱旺从后座上过来，开始吃食盆里的肉肠。

看来它妥协了，知道目前的现状是不会因它生气而改变的。

这小王八蛋除了不会说话什么都明白。

第 27 天 1201 公里

高速路上

一个人一条狗一辆车，2013 年 4 月 30 日，朱燕、朱旺、"朱二黑"，北京自驾云南的第 27 天。

回家前的最后一晚。我选择在高速路上，在车里度过这次旅途的最后一夜。

❶ 凌晨服务区里遛狗

凌晨两点的时候，被朱旺的"哼哼"声惊醒。躺着没动，拿出眼镜戴上，从后视镜看车的四周，没有人。我的车停在路灯下，很孤立。路灯周围是一圈半米高的绿化植物，植物左边停着一辆面包车，面包车过去是两个空车位，再过去并排着两辆大装卸车。装卸车后面是两条车道，车道后面横七竖八停有六七辆大货车。停车处呈弧形，我的车后面七八米外停有一辆 SUV 和一辆大车。右侧是个空车位，然后又是一个路灯，路灯周围依旧围着一圈半米高的绿化植物。右侧前方是一块有篮球场那么大的空地，如果有人经过我的车，我很容易知道，并且我的两边都有路灯，很亮。

我摸摸朱旺，安慰它。我知道没有动静它是不会叫的，它也在睡觉。它的嗅觉和听力一定超于常人。我摸摸朱旺后，它走到后座上，前后左右地看看，又像个保安一样。朱保安，我在心里叫着。我闭上眼睛，我很放心。

又睡了很久，还做了梦。再次被朱旺惊醒。这次，它不是"哼哼"，而是发出了低吼，我知道它发出这种声音，一定是有人靠近我的车。

我又戴上眼镜，从两边的后视镜里前后左右地看着，什么也没有。我还蜷着身子到后座上看车后面，仍然什么也没有。

"你看到什么了？"我想摸朱旺，它却不让我碰，身子绷得直直的，耳朵半立着。眼睛直视着车的右侧。那边没车，也没人。

"你听到什么了？还是看到什么了？"我也很警觉，已无睡意，"有我在，什么都不怕。"我拍拍朱旺的背，想让它安心睡觉，但它又开始低吼。

有时，觉得自己也是个很邪乎的人。我也跟朱旺一样发出了低吼声，我相信，我也自信：人最大的恐惧来源于自己的内心！

平时，我特别爱听鬼故事，看恐怖片。我觉得很多事情，你分析透了想明白了就不会害怕了。如果真有什么不好的东西出现在你的眼前，如果你微笑地说："嗨，你好！"没准吓得尿流的是对方。

当然，我这也是瞎想，因为我也没有碰到过什么。我跟着朱旺低吼的同时，在心里骂着：滚远点，别惹老子生气……

有一会儿，朱旺稍好些，回头看了我一眼，似乎感激我在配合它，舔了我的手背一下，又去看着右侧。

我看了看时间，4 点 05 分。

我决定给朱旺壮胆。我相信，没有什么东西能伤害到我。

我穿上鞋（睡前脱了鞋），打开车门下了车，朱旺立刻跟着。我做着扩胸运动，特地走到车的右边，面对着整个右方。我想看看到底有什么。朱旺先是在我的身后，接着冲到我前面，然后它到路灯下的植物前撒了泡很长的尿。

朱旺撒完尿后好多了，自顾自地往前走，边走边撒尿。它以为我遛它呢。好吧，那就遛遛你吧。我跟在朱旺后面，它走到哪里，我跟到哪里。后来，我们来到那块空地上，我活动活动腰腿，蹦蹦跳跳，还做了几个俯卧撑。但当我做完俯卧撑抬头时，前方十米远站着四个人，三女一男，大概是刚从卫生间里出来，愣愣地看着我，想必是我吓着他们了。凌晨 4 点多，高速路服务区的空地上，一个女人和一条狗在锻炼身体。想着这些，的确让人奇怪和害怕。我没有理他们，围着空地开始跑步，朱旺跟着我小跑。那四个人也回到了大车上。

我跑了两圈后，可以感觉到有很多双眼睛隐藏在大小车里正看着我和朱旺。不见得有什么恶意，但我明白善与恶其实就是一瞬间，是人身体里的两个意念怪兽——善和恶，每个人身上都有。一个人可能会在一瞬间因为某个人而突发善意，一个人也可能会在一瞬间因某个人而顿生歹意。

我一个女人带着条狗开着一辆车，明天就到北京了，我需要绝对的安全。我决定在大家都没有反应过来的时候，离开。

我和朱旺上了车，打着车子，出发。此时，4 点 35 分。

我依旧先去加满油，不管油箱里的油剩多少。

> 嘀哒嘀哒嘀哒嘀哒……时钟它不停地在转动；嘀哒嘀哒嘀哒嘀哒……小雨它拍打着水花；嘀哒嘀哒嘀哒嘀哒……是不是还会牵挂它；嘀哒嘀哒嘀哒嘀哒……有几滴眼泪已落下。

CD 里依旧是侃侃的歌，一路上都在听她的歌。心情很好，发现当你真的强大的时候，别人看你也会有胆怯，不敢轻易冒犯你。我很得意自己刚才的举动，这一路走来，我的胆子真的是越来越大了。经过这一路后，我似乎更加自信了，我还会惧怕什么困难呢？

❷ 艰难而危险的回家之旅

现在我和朱旺已经完全适应了旅途，把车当我们的家，把上路当成了每天必须做的事。

陕西路段多是盘山高速，早晨雾气大，漫山遍野都是雾气。有时，整条高速路上都是，大雾在空中飘来飘去。如果说昨天经历的是一场奇特的大雨，那么今天就是一场罕见大雾的历险。

大雾，真的是非常大的雾，一团一团地飘浮在路中央。开始看到的雾很浓，但不长，百米内或几百米左右，小心慢驶穿过去就行了。只是，没走多远又是一段满是大雾的高速路。一段连着一段。高速路上也不敢随便停车，于是硬着头皮慢慢地往前开，希望快点走完这满是大雾的高速路。有两段路很长，路上全是大雾，弥漫整条车道，汽车开进去后是完全笼罩在雾气中的。这两段路，第一段六公里左右，能见度最多 40 米。开始以为跟先前的雾气一样很短，但车开进去之后才发现好长的一段路。前方什么也看不清，只能看清车里的物件。我也不敢停车，不确定前方哪里有车，也不敢保证后面是否有车跟进。但是，就在这种情况下竟然也有个别人突然从身后超车而过。真想骂啊，估计那人也听不见。于是想了一招，闪灯并按喇叭，当其他车靠近时就能看见一闪一闪的车灯，也能听见车的喇叭声。第二段四公里左右，能见度约百米。

终于，满是大雾的高速路穿过去了，在匝道上停车歇会儿，竟然有些困意，可见刚才穿过大雾时有多紧张。

一个人一条狗一辆车，北京自驾云南，今天是 4 月 30 号，按现在的行程，晚上 8 点前能到家。

在京昆高速上，发现北京首都的优越性。都不用看 GPS，因为任何岔路口，都会有个明确的指示标牌箭头直指北京，你就朝着箭头所指的方向开就行了。

下午 2 点 35 分，前方有路牌提示，北京只有 360 公里了。哟

235

以为下午四五点能到家，结果刚过晋阳收费站就堵车了。前方发生重大车祸。

嗝！开心啊，摸摸朱旺，跟着 CD 唱起了歌，今天晚上可以睡在家里的大床上了……

我还是高兴得太早了，刚过晋阳收费站，就发现前面的车全停下了。很多司机从车上下来或将车开到旁边的停车处，休息，吃东西，等通行了再走。但此刻我是回家心切，特别想知道前方发生了什么事。问了很多的人，被告之前面发生了车祸，至于是什么样的车祸，谁也说不清楚。

那就等等吧，我熄了车，天气太热，半开着车门。有人看我一个女人带着一条狗，又是北京的车，便问去哪里玩了。当听说我从云南回来时，周围一下子聚集了四五个人，很新鲜地看着我和朱旺，想听我说些什么。

这时，我很放松，一是要回家了；二是通过这一路，我对人没有那么大的戒心了；三是因为这么多的人和车，很安全；四是我想说话。现在我非常想说话。于是，我就开始简单地向周围人讲述了我哪一天出发，去了哪里，今天趁着高速免费准备回北京……

有人围着我的车看车贴，有人拿出手机拍我的车还有我和朱旺，更有人用手机上网搜索我的名字……

我觉得很好玩，让大家不要搜索我，也不用拍我，我现在的形象特别差。你想在车上睡了两个晚上的人能有什么好的形象给大家。头发蓬乱，衣冠不整，像个流浪汉。朱旺也一样，就是条杂毛狗。有人冲它拍照，它毫不犹豫地冲人汪汪大叫。

车堵了有一阵子，旁边有人说估计通车得一个小时后了。我听了就着急。此时，也有和我一样急着赶路的人，准备绕行下高速走省道错开这段车祸的路段，问我要不要一起去。这时，我看到有七八辆车已开始绕行下高速。下不下？我有些犹豫。我怕迷路。问旁边的司机，从哪里上省道，要开多少才能上高速。

旁边的司机告诉我，下去后就是省道G307，往石家庄方面开就行，到下关就能上高速，也就三四十公里吧。

这时没有什么能阻碍我回家的脚步，并且，这样等着也让人心焦，何况要顶着那么大的太阳。

下高速，走省道。

G307路况一般，往返两条道，车很多，大家都急着赶路，总有车超过我的小车想跑得更快一些。我很理解大家的心情，但我不敢开太快。一是路不熟，二是想稳一些。

我本来一直紧跟着前面的车，但因我不敢和人抢道，所以我跟丢了。在一个三岔路口，我不知道哪条路是去下关的。路边站着两个男子，一个年龄大些，一个年轻些。因我是下车问路，而朱旺估计是困

121

高速服务区的景色如此美的
地方恐怕只有西双版纳了。

122

123

122. 西双版纳望天树风景区，准备和朱旺挑战世界最高的"空中走廊"。

123. "望天树空中走廊"警示牌。

124. "空中走廊"。

125. 和朱旺在"望天树空中走廊"上。景区摄像头拍下的照片。虽然是花20元买下的，但感觉很珍贵。

124

西双版纳【热带雨林国家公园望天树景区】留影2013年04月23日

25

恭喜您成功挑战了【全长500米，高36米】的世界第一高树冠空中走廊

126

126. "中科院植物园"的早晨特别舒服，空气清新、气候怡人。

127. 128. 到西双版纳一定要来"中科院植物园"，我这个花盲在这里见识了各种花花草草。

129. 回景洪市的路上，走的省道，沿途有很多卖水果的。

130. 还是要摆拍朱旺，不然我拍谁。

131. 累成狗的朱旺，喝水时都睡着了。

132. 朱旺跑起来原来是这样的，太好玩儿了。

132

133

昆明海埂公园，
在这里休息。

134

134. 回家路上的第二天，大雨滂沱中的一天。

贵州高速公路开发总公司二铺征

2013/04/29 15:51:44

135

136

137

135.夜宿二铺征费站。　　136.躺在车里看电影。　　137.朱旺在后座上睡了。

138

139

140

138. 139. 140. 在回京的高速服务区里，朱旺不想晚上又睡车里，它想住酒店。它生气不吃狗粮，就是不看狗粮。

141

2013/04/30
20:14:01

142

2013/04/30
19:23:29

141. 142. 归心似箭。其实不应该赶夜路
的，很危险。

143. 离北京越来越近了，心情很好。

144. 从西双版纳带回的两个菠萝王。

145. 2013 年 5 月 1 日凌晨 1 点 58
分，安全回到北京家中。这是带
回家的纪念品。

143

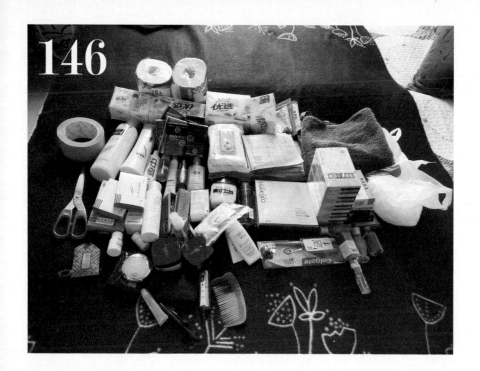

146. 147. 出发时所带的物品。

了或转晕了，我下车时它竟然没叫，在后座上睡着。年龄大的见我问去下关的路，又看了看车里，问我："你一个人吗？"我说是。年龄大的说，"我正好去下关，我给你带路。"说完没等我答复就要拉车门上车。但刚拉开车门，还没迈腿，朱旺突然从后座站起"汪汪"大叫，狂吼起来。路边的两个男子都吓住了，那年龄大的吓得立刻关上车门，退得好远，然后睁着眼睛看着我的车半天没缓过劲来。

我心里那个开心哟，我抱歉地对年龄大的男子说："忘提醒你了，我的狗是不允许外人上车的。"

朱旺还在叫着，并冲到了前座。

年轻的男子问："它好凶，它——它会咬人吗？"

"会，像条狼狗。"我上了车，发动车子。心里感慨啊，幸亏有这样一条好叫的狗，幸亏它的声音像条大狗，不然，这年龄大的男子上了车后不定会发生什么事。

我边开车边摸着朱旺："幸亏有你。以后，你爱怎么叫就怎么叫吧。"

下午快 5 点的时候，车在一个不知道什么地方的村子又堵住了。两条车道满满地摆着都是车，谁也不让谁，就堵住了。

在这里，我又看到刚才一起聊天的司机，这会儿大家都坦然了，估计是都无计可施了，认命了。我也不着急了，或许是天意，不要我这么赶路，让我平稳一些，安全回家。

出门前，带了几包烟，原是想路上遇到什么难事送给人的。但此刻，我拿出一根点燃。我现在俨然就是一个女汉子，叼着烟，站在路边看着那些打量我的人。我现在什么都不怕，谁怕谁啊！

朱旺在车里看着我，它的目光永远追随着我。有男子上来借火，我大方替他点燃了。我们聊了一会儿路况，他就回他的车边了。

我现在也敢和陌生人聊天了。此次旅行很有意思，我觉得自己真的有所改变。

记得上路的第一天，忐忑不安对路途所有的未知和不确定。那时故作坚强以掩盖内心的惶恐，对所有的人保持警惕。不敢随便与人搭讪，走错路也不敢问人，多走了 200 多公里。

第一晚夜宿高速路时的胆怯，将车窗用薄膜遮得严严实实的……而在归途中，却胆大包天，凌晨 4 点多在服务区里遛狗……一次旅行就是一段人生。从不确定到坚定，从出发到回归，从未知到找回自己。有时候，人生真的是注定，我注定和朱旺有这次旅行。

我想我已经知道接下来的路途该怎么做了。

做自己！做自己想做的事，成为自己想成为的那个人！

并且，我要好好地爱一次，纯粹地爱一次。即使遭到全世界的嘲笑，我也要走我自己的路，爱我想爱的那个人。

因都急着赶路，绕道 G307，结果又堵了。

同时，爱自己。

这是命。

晚上临近 7 点的时候，道路才在交通人员的疏通下，重新上路。半个小时后，我重新回到了高速。在服务区加油站，发现每个加油区都排着长长的车队。原来，晋阳收费站的车祸也刚疏通不久，所有的车辆一下子聚集在这个服务区里休息。

这个时候我才知道晋阳收费站的那个车祸很严重，三辆大货车撞在了一起，并横在了路中央。工作人员告诉我，前一天还有四辆小轿车在这里相撞。我听后安慰自己，开车一定要小心。

这时天已经全黑了，我继续上路，准备找个服务区歇一晚，明早再出发。

这一晚走得特别艰难。

终于进入河北了，离北京越来越近了，而我也处于极度疲惫的状态。其实这个时候是不应该再开车的。周围好多的大车，超速的车，急速行驶的车。有时我都能感觉到自己开得很茫然，很多下意识的动作。但此刻，就是想回家，就是想立刻回到家里。

晚上 10 点多，离北京还有 200 多公里的时候。在一个服务区，我闭着眼睛睡了一会儿。我想就在这里睡好了。天亮再出发。但一想到天亮再回家，人一下子精神了，睡不着了，也不困了。可一上路，又很茫然。

吃口香糖，大声唱歌，骂朱旺……稍好些，也没那么困了。

晚上 11 点多，又在一个服务区里停下车。闭上眼休息，却仍是睡不着，于是接着开车上路。

二十九

第 28 天

回到北京

5月1日，劳动节。

一个人一条狗一辆车，凌晨12点多，我、朱旺、"朱二黑"在回北京的高速路上。

开了多久都不去想它了，总之，今晚我要回家。

在进入G4京港澳高速的时候，我又迷糊了，在岔路口我将车停在斑马线上。两边都是G4京港澳高速。其实我感觉应该往右回北京，但还是不确定。这时，凌晨的高速路根本看不到什么车，无法问路。

　　但要知道，这个时候，已经没有什么事情能难倒我了。

　　我打122，语音说按1咨询路况，按2交通报警。我就按了1，打了三遍无人接。于是重新拨号，按2，有个男子接了电话。

　　我首先说对不起，我现在高速路上迷路了，我要回北京，因为按1咨询路况没人接，所以按了2。男子无奈地说，就说你的事吧。我这时精神特别好，我说我的前方两条路都是京港澳高速，我感觉右边那条是回北京的，但不确定。男子听完我说的路况想了片刻说："你的感觉是对的，左边那条是去郑州的。"

　　我说了好几声谢谢后，挂了电话，驾车向右边的G4奔去。

　　过了杜家坎收费站后就进入北京了。内心放松而又紧张，提醒自己，就要到家了，小心开车，慢行驶。

　　四环上几乎没车，一路很顺利。终于，看到了我住的小区，刷卡进入地下车库。

　　2013年5月1日凌晨1点58分，我、朱旺、"朱二黑"北京自驾云南，奔波了28天后，安全回到了家。

　　朱旺下车后，竟然一声不吭，忙着到处嗅和撒尿。它知道到家了，它冲着我摆头晃尾。"你脏死了。"我说着朱旺。我也很脏，一身的疲惫和风尘。

　　回到家里，一切既熟悉又陌生。出门近一个月，家，就是车和旅舍。

　　洗澡上床。

　　真的很累，躺在床上。一切都很恍惚。

早晨 7 点多钟习惯中醒来。看着洁白的墙壁、床下的朱旺。真是回家了。

几天前，我们还是每天早晨收拾行李，从一座城市到另一座城市，从叫酒店的地方搬到叫客栈的地方，每天在朱旺的歌声中出发起程。

现在我们平安到家了。28 天，平安回家了。

但想想昨夜，有些后怕。提醒大家，千万不要像我这样开车，幸运是运气，但也要善于把控。

出门遛狗，朱旺根本不要抱，在小区里欢快地奔跑，这是它的地盘，它很开心回到了家。

我和朱旺来到地下车库，一点点清理着行李、水果，物品。前后搬了四趟，一点点搬上楼，搬回家。有时会想，要是有个人帮帮自己就好了，但立刻阻止了这种想法，有人帮当然好，但如果没有人帮也不要抱怨。这就是生活，至少，这是我目前的生活。

将朱旺送到宠物店里洗澡做美容，将"朱二黑"送到洗车店里清洗消毒，毕竟和朱旺在车里滚了近一个月。擦地板、收拾屋子、洗衣服。

晚上，叫了披萨，开了瓶红酒，看着干净的朱旺和家，喝红酒，吃披萨，特别满足。

出发前传

　　我最初的计划是自驾去西藏。那是旅行者的梦中之地。

　　然而春节前医生说我心脏不好，需要做个微创手术。我虽然没有听医生的去做什么微创手术，但我决定暂时不去高原地带。后来，就选择了云南。

　　出发前一周上网看别人的游记、攻略，来订自己的旅行计划。其实这些花的时间不算多，花时间多的是购物。因为只要有网络，随时都可以查看别人的攻略，随时都可以制订自己的旅行计划，并更改旅行计划。

开始我也想过少带食物，哪里都有超市，随时可以补给。但因想到要带朱旺出门，我如果逛超市，必定要把它锁车里，它会很不安，并且是在陌生的城市里。所以，我决定食物尽量多带。吃不完可以带回来嘛。

接下来一周买了很多食物：矿泉水、可乐、雪碧、罐装咖啡、芒果汁、啤酒、巧克力、牛肉干、鱿鱼丝、牛奶、口香糖、话梅、快餐面、豆腐干、饼干、肉肠、鱼罐头……我几乎是按 20 天的量带的，满满地装了四个大纸盒子。开始以为吉姆尼车小装不下，但最后发现我带的所有东西都装进了车里。食物虽带了不少，但还是有遗憾。如果下次出行，我还会带上水果罐头。

其次是药品：芬必得、感冒清热颗粒、黄连素、吗叮啉、牛黄解毒丸、阿莫西林、碘酒、创口贴、眼药水、棉签……还有我的心脏病药。

第三是生活用品：牙膏、牙刷、毛巾、洗浴液、纸巾、护肤用品、洗发护发液、剪刀、胶条、绳子、梳子、化妆品、护身符、钱包、证件包……

第四是电子设备：诺基亚手机、iPhone5、索尼数码相机、富士数码相机、AEE 行车记录仪、e 路航 GPS、iPad2、苹果电脑、各种充电器……

后　记　／　收获

　　我常挂在嘴边的一句话，我做事情从不给自己设障碍。一个人出门遇到坏人怎么办？一个人出门车坏了怎么办？……一个人还带着条狗，遇到麻烦怎么办？

　　我没有去想这些麻烦并不代表这些麻烦不存在，我想到的只是遇到麻烦时该怎么克服、怎么解决。

　　一个人一条狗一辆车，我、朱旺、"朱二黑"北京自驾云南28天，写这本旅行随笔时，已没有第一天离开家时的忐忑，更没有旅行刚回到家时的得意。看照片，看行车记录仪，看那些自己走过的地方，唯一的感觉是：世界很大，自己很渺小，原来生活中那些不愉快的事已微不足道。

旅行让人成长。这是收获。

另外的收获是：

5月1日将所有的行李搬到家里后，看着带回来的礼物，泸沽湖的酒、束河古镇的扎染布、丽江的鲜花饼、大理的雕梅、腾冲的面膜、西双版纳的菠萝……还有泸沽湖被骗了2000元购买的玛卡。

这就是我一个人带着一条狗北京自驾云南28天的成果。

另外，我还收获了一个教训。回到北京后发现行驶本被扣了九分，罚款900元。

自驾旅行是艰难的，回忆的一切都是美的。

同时，为自己骄傲，为下一次旅行做计划。

图书在版编目（CIP）数据

开车带狗去云南28天/朱燕著. –北京：作家出版社,2015.9
ISBN 978 – 7 – 5063 – 8119 – 2

Ⅰ.①开… Ⅱ.①朱… Ⅲ.①旅行随笔 – 作品集 – 中国 – 当代
Ⅳ.①I267.4

中国版本图书馆 CIP 数据核字（2015）第 146898 号

开车带狗去云南 28 天

作　　者：朱　燕

出版统筹：文　建

责任编辑：汉　睿

特约策划：花花文化

装帧设计：棱角视觉

出版发行：作家出版社

社　　址：北京农展馆南里 10 号　　邮编：100125

电话传真：86 – 10 – 65930756（出版发行部）

　　　　　86 – 10 – 65004079（总编室）

　　　　　86 – 10 – 65015116（邮购部）

E – mail：zuojia@ zuojia. net. cn

http：//www. haozuojia. com（作家在线）

印　　刷：中煤涿州制图印刷厂北京分厂

成品尺寸：152 × 210

字　　数：150 千

印　　张：21.75

版　　次：2015 年 9 月第 1 版

印　　次：2015 年 9 月第 1 次印刷

ISBN　978 – 7 – 5063 – 8119 – 2

定　　价：43.00 元

花花文化策划

"一个人去旅行"书系
做中国最好看最有趣的旅行故事

新书推荐

《开车带狗去西藏 27 天》 朱燕 / 图 + 文

内容推荐：

★ 这貌似是一次"自杀"式的旅行。

★ 一个有着一颗需要动手术的心脏的女人，却开车带着一条狗，买了一堆零食，独自穿越西藏。

★ 在左贡，高原反应时害怕独自一人死在客栈里，慌乱地丢了满地的药……

★ 在没有手机信号的、极其封闭的墨脱原始森林里，独自一人穿水沟过山洞经悬崖走峭壁横穿墨脱……

★ 在被自驾西藏的旅行客称为"死亡之路"的通麦天险，一个女人带着狗开着车，14 公里的临江悬崖险道竟然开了两个多小时。

★ 这是怎样的一次冒险，这是拿生命在赌博的旅行。《开车带狗去西藏27 天》，川藏进青藏出，一个人的艰辛和困难无法想象……

★ 原以为穿过可可西里无人区，离开西藏后就安全了，却没想到，旅途中，最大的事故发生在风景如画的青海湖……

编辑推荐：

★ 一本直击你内心的日记体旅行随笔。

★ 从上万张图片中精选出近 300 张真实图片，有图有真相，值得纪念和收藏。

★ 一次旅行，完成我的心愿。一本书，开始你的梦想。

★ 27 天，8629 公里，北京 - 平遥 - 汉中 - 雅安 - 雅江 - 巴塘 - 左贡 - 然乌湖 - 墨脱 - 鲁朗 - 拉萨 - 日喀则 - 拉萨 - 纳木措 - 那曲 - 格尔木 - 青海湖 - 西宁 - 兰州 - 五台山 - 北京。

新书推荐

《飞》（精装） 朱燕 著

天使之爱，越界之爱，咫尺之恨，天地遥念。在性别符号之间偷越的都市爱恋。沉陷、纠结、深陷其中又无力自拔的少女情怀。

"无论你是什么人，你都生活在一个无形的圈中，这个圈包围着你，直到窒息。"

一个并不纯情的四季故事，一曲纯到极致的凄美夜歌。

有人说：一个人的一生其实只有两天，一天用来出生，一天用来死亡。

孙波是一个我行我素到了极点的女孩，其实什么事情到了极点也就物极必反，所以孙波又是一个很矛盾的女孩。

小浪是一个和孙波同龄的、像湖水一样柔顺、像花一样漂亮的女孩。

研究生是一个高大英俊的男孩，他这一生最幸运和最不幸的事，就是爱上了孙波和小浪。

画家是一个有妻儿的男人，也是一个深爱着孙波的男人。

故事围绕着这四个年轻人展开……

爱情永远是一个伤害人的东西。

网友留言：

1. 第一次有让我流泪的小说，会联想起自己的很多过往。

2. 这是一本让你看的时候会流泪，看过之后想起来还会为之动情的小说。比起现在社会上、电视中的各种爱情叫嚣誓言，书中的爱情让人更加为之动容。至少我为此小说哭过，为书中之人痛过！

《情》（精装） 朱燕 著

微博连载后，短短三个月点击量过千万。被网友评价为 2015 年度最感人情爱小说！写出了情人之间纠结、沉陷、纯粹、刻骨铭心的爱情。

"爱谁并不重要，愿生命中有爱"。小说讲述一位大学女教授和她的学生因一次偶然情欲后发生的令人心碎而感人的爱情故事。客观真实坦率地正面描写了当今中国同性恋的爱情婚姻工作生活，同性爱在社会中的艰难和努力，但他们始终没有放弃。爱情是属于那些执著追求而勇于承担责任的人。

名家推荐：

朱燕是个很会讲故事的作家，《情》好看。她的一切都是女性角度，《情》是很合适的名称，因为对女人来说，没有"情"，就不太可能有"性"。就是没有"情"有了"性"，"情"也会突然降临的……

——洪晃
《iLOOK》杂志出版人
BNC 薄荷糯米葱中国设计师店投资人

尽管当代小说中同性恋题材如严歌苓等早有涉及，但如此集中地探索，且表现得如此深入的，在我的视野中这还是第一部。就此而言，此小说可谓是一部突破之作。小说一方面呈现了一个对绝大多数读者来说尚属陌生的情感领域，一方面也令人信服地揭示出，在这个其实非常古老的领域中，"情"和"性"的关联纠结和异性恋同样复杂，有着同样深致的社会、文化、审美和人性内涵。

——唐晓渡
著名学者、诗人、评论家

花花文化订阅号：
zyhuahua1226

新浪微博：
@ 花花文化

新浪微博：
@ 朱燕 – 独行客